BUR
Rizzoli

Levante

Se non ti vedo non esisti

Pubblicato per

da Mondadori Libri S.p.A.

ISBN 978-88-17-09852-6

Prima edizione Rizzoli: 2016
Prima edizione Best BUR: marzo 2018

Seguici su:

Twitter: @BUR_Rizzoli www.bur.eu Facebook: /RizzoliLibri

Se non ti vedo non esisti

A tutte le altre

Non recidere, forbice, quel volto,
solo nella memoria che si sfolla,
non far del grande suo viso in ascolto
la mia nebbia di sempre.

EUGENIO MONTALE

I

Sono davanti allo specchio dalle sette di questa mattina.

Dopo essermi svegliata di colpo da un sogno che, per quanto mi sforzi di ricordare, non mi torna in mente, ho percorso a piedi nudi il pavimento della mia stanza da letto dritta verso il bagno.

Questo pavimento è così freddo nelle mattine torbide degli ultimi tempi, in cui anche il sogno più recente non trova la strada per la memoria e, cercando tracce della notte nel riflesso del mio specchio, non c'è modo di tirar fuori null'altro che la ripetizione ossessiva dei soliti gesti: sciacquo la faccia, lavo i denti, metto la crema idratante (ma forse è il caso di cominciare a usarne una antirughe) e poi inizio a truccarmi.

È un procedimento lunghissimo perché ogni gesto è seguito da una profonda pausa in cui mi fermo a riflettere sul nulla.

Strano riflettere sul nulla. Il mio nulla è tutto, per ogni volta in cui mi sono detta "non è nulla!" davanti a un fortissimo pugno allo stomaco, a un crampo al cuore, a un attacco d'asma illuminante, per tutte quelle volte in cui ho capito che non c'era poi una grande differenza tra la mancanza di carezze e quella di ossigeno.

Il mio nulla è un armadio dove con disattenzione ripongo cose importanti. Le butto dentro senza aprire troppo le ante, anzi ne dischiudo leggermente soltanto una e con un gesto veloce ci nascondo il mio dispiacere.

Ciao. Vai. Se rimarrai lì dentro non esisterai più qui fuori, ti lascio nell'ombra, dove non posso vederti.

Se non ti vedo non esisti.

Se non mi vedi non esisto.

E siamo rimasti così. «Non cercarmi per un po'!» mi ha detto.

E io non l'ho fatto.

È il momento del blush. Lo metto color pesca, che mi dà un po' di vita, perché questa carnagione olivastra non mi aiuta affatto.

Occhi negli occhi. I miei occhi.

Passo il pennello morbido sugli zigomi, così mi si arrotonda il viso. Ultimamente ho l'aria sciupata di una che digiuna da giorni.

«Stai mangiando qualcosa?!» mi chiedono sempre. Certo che sì, è che mi va tutto di traverso.

Non andrei oltre con il blush perché è un attimo che divento Moira Orfei.

Non sono andata oltre le sue parole. Mi sono fermata quell'istante prima della fitta al petto, quell'istante prima della lacrima che fa traboccare il pianto. Ho annuito, quello ho potuto fare.

Non ho potuto nemmeno guardarlo negli occhi quando me l'ha detto, perché me l'ha detto al telefono.

Mi chiedeva di avere pazienza e di non cercarci per un po'.

A me, che ho la fretta nel sangue e le mani nervose di chi deve sempre trovarsi qualcosa da fare, che non conosco l'attesa; e sì, moltiplicherà anche il piacere, ma mi faccio un gran piacere quando vado a prendermi le cose da subito.

Dovevo avere pazienza io, che quando si tratta di emozioni nella mia vita contemplo solo la parola *adesso* e che per tutto il resto rimando sempre a domani, che diventa il mese dopo, che diventa chissà quando.

Adesso, però, era arrivato il momento di andare a cercare tutte le altre cose importanti dentro all'armadio del nulla, perché in quelle parole – "non-cercarmi-per-un-po'" – non c'era nessuno spazio disponibile per i miei capricci.

Il rossetto lo metto ma poi lo tolgo tamponando il fazzoletto sulle labbra, così le coloro ma non sembro una pronta per andare in discoteca. Sono solo le nove del mattino, in fondo.

Quando ho riattaccato, mettendo a faccia in giù il telefono come se avessi messo a faccia in giù anche lui, come se avessi voluto metterlo in castigo contro il tavolo della cucina, come se avessi voluto schiacciarlo come si fa con una bottiglia di plastica vuota prima di buttarla via, ecco, quando ho fatto quel gesto mi sono sentita un po' strana.

Mi mancava la terra sotto ai piedi? Non lo so, non so cosa vuol dire non avere la terra sotto ai piedi, non ho mai volato, né sono mai precipitata giù da un burrone.

Almeno, non fisicamente.

Avevo risposto: «Capisco», ma non era affatto vero. Se avessi realmente capito non starei qui a chiedermi il perché di un silenzio assordante che mi dilania il cervello.

Volevo parlare invece.

Il mascara lo metto, avrò una scusa se mi scappa da piangere in giro per la città. "Tutto bene, questo mascara mi fa lacrimare gli occhi in una maniera incredibile!" risponderei sorridendo ai passanti preoccupati.

Non ci crederà nessuno, mai nessuno. A meno che, d'ora in poi, non inizi a chiamarti "Mascara". Allora tutto tornerebbe ad avere un senso.

D'ora in poi.

Perché, caro il mio Mascara, ormai sono settimane che non ti sento, e per quanto io sia riuscita a nascondere *adesso* nell'ombra insieme ai miei *nulla*, non so per quanto ancora riuscirò a resistere alla tentazione di aprire quell'armadio.

Non ho messo il fondotinta e sì che ne avrei bisogno. Mi perdo in queste riflessioni e salto dei passaggi importanti. Il fondotinta. Queste occhiaie vanno coperte, questi cerchi neri, questi pugni agli occhi. Sono i segni della mia insonnia. Sembra mi abbiano picchiato e, a pensarci bene, è come se lo avessero fatto. Ci si sente un po' violati quando qualcuno, improvvisamente, ti priva di qualcosa di bello, che ti faceva stare bene, anche se lo fa con una ragionevole scusa. Di punto in bianco, *puff*, tutto scompare. E non è come perdere gli occhiali da vista, che alla fine, dopo una lunga e attenta ricostruzione di tutte le cose che hai fatto prima che sparissero, riesci a ritrovare in quel bar dove avevi preso il caffè, o in quella borsa che avevi usato per quella cena elegante. O in testa, qualche volta quando li tiri su a mo' di cerchietto.

Se ti avessi in testa lo sentirei. E lo sento effettivamente: sei in testa. Non sopra, ma dentro, anche se so che non sei reale. Dentro la mia testa non vale. Dovresti essere qui davanti ai miei occhi: così potrei guardarti con rabbia per queste notti in bianco, per le conversazioni allo specchio, per questo nulla che mi divora pezzettino dopo pezzettino.

Se non ti vedo non esisti. Allora perché sei padrone di ogni istante di questi giorni?

Non si fa così. Non si dice "Non cercarmi per un po'" senza definire "un po'". Quanto è lungo questo poco?

«Vado via.»

«Dove vai?»

«Non ti è dato saperlo.»

E sei uno stronzo.

No, la stronza sono io. Ma non vuoi dirmelo, non me lo diresti mai nemmeno tutto d'un fiato, che magari nella velocità non ti accorgi d'averlo detto davvero.

Non ti ho mai visto arrabbiato con me, e in effetti non è successo nemmeno quella sera, all'altro capo del telefono ho solo potuto immaginare dal tono di voce la tua fronte contratta e gli occhi stretti a fessura. La faccia scura.

Nemmeno tu vedi il mio volto triste, adesso, e non sai cosa darei per non vederlo io.

Sono le nove e mezza del mattino ed è durato fin troppo questo tentativo di mascherare l'umore nero. A piedi nudi, sul pavimento ancora freddo, mi spingo verso il guardaroba con il grande desiderio di sentirmi bella. So già che potrei perdermi tra maglioni e gonne e rischierei di non uscire mai più di casa mentre intavolo conversazioni con le mie mille me in continuo disaccordo su tutto.

Lui le chiamava "le riunioni condominiali".

Genuflessa davanti al dio armadio per i dieci minuti di sacro silenzio in cui attendo il miracolo della vestizione, esausta di cercare l'abito perfetto, ripiego su un jeans strappato all'altezza delle ginocchia e una maglietta bianca subito coperta da un caldissimo maglione blu.

Adoro il blu. È in assoluto il colore più elegante che esista e mi dà sicurezza.

Lo specchio della camera da letto non è abbastanza grande perché mi possa guardare per intero, così mi alzo sulle punte dei piedi e inclino la testa verso destra, quel movimento automatico che faccio quando scorgo la mia figura riflessa dove capita, in uno specchio o nelle vetrine dei negozi. Inclino la testa come per soppesare quel corpo lungo e secco.

Metto il cappotto e le scarpe davanti alla porta di casa, prendo la borsa, le chiavi ed esco.

Il suono della porta che incontra la serratura è il suono più bello. La chiusura, quel *clic*, le chiavi che girano nel verso giusto per lasciare tutti questi discorsi, a tratti ad alta voce, dentro casa almeno fino al mio rientro.

Evito l'ascensore e scelgo le scale: non ho voglia di ritrovarmi ancora dentro una stanza stretta insieme a uno specchio. Scendo un gradino alla volta, lentamente, perché oggi non ho fretta. Oggi metto in pausa le parole, la punteggiatura, i fogli bianchi da dover necessariamente riempire.

Alle volte vorrei starmene in silenzio senza pensare,

comunicando con il mondo esterno tramite i gesti: un sorriso, un'alzata di mento, un pollice all'insù.

La vita dello scrittore è magnifica ma succede anche a me di non voler parlare, di non voler scrivere, di non avere nulla da dire.

Dovrei finire quell'articolo sui sandali invernali, queste scarpe che lasciano il tallone e le dita dei piedi scoperti ma hanno l'interno rivestito di pelo, caldissimo pelo. Lo metti con i calzini pesanti e tac, il sandalo invernale è perfetto... Perfetto, nel mio caso, per essere riposto in fondo al mobiletto delle scarpe, da usare in casa quando non trovi le pantofole perché Napoleone le ha portate nella sua cuccia per rosicchiarle.

Napoleone!

Ho dimenticato il cane a casa nella fretta di scappare dal pensiero dei pensieri.

Con uno scatto veloce riapro il portone e risalgo le scale di corsa, due gradini alla volta, con l'ansia di chi ha lasciato il figlio al supermercato, il computer in panetteria, le chiavi della macchina appese alla portiera, il libro avvincente nell'hotel delle vacanze, l'hard-disk con la musica di una vita intera sul termosifone.

Con quest'ansia apro la porta di casa a fatica, perché quando hai fretta la serratura si fa sempre più piccola e le chiavi diventano giganti e stai piegata davanti alla toppa come un ladro di fronte alla cassaforte.

Napoleone è lì, a pochi metri da me, mi fissa con gli

occhi dolci di chi spera di non essere stato dimenticato. Gli stessi occhi con cui mi ha guardato la prima volta che l'ho visto, entrando in casa, piazzato davanti alla porta con un fiocco rosso al collo e un cartellino con su scritto: "Buon compleanno, Anita. F.". Un basset hound di pochissimi mesi, con le orecchie lunghe fino al pavimento e le occhiaie nere di chi non dorme mai.

«Oddio!» Il mio grido di gioia misto a stupore e poi lo slancio verso quella pallina di ciccia per prenderla in braccio e stringerla al petto.

«Tanti auguri...»

«Sei matto. È troppo... non dovevi!»

«È una promessa.»

«Una promessa?»

«Dài, un basset hound vive circa dodici anni. Potremmo riuscire a sopportarci per più di un decennio.»

«Sembra una minaccia!»

«Una scommessa.»

«Vada per la promessa.»

Poi all'improvviso il caldo tra le braccia che non sembrava il vento tiepido di maggio, la mia maglia di cotone o il nostro dolce abbraccio.

«La tua promessa mi sta urinando addosso.»

Eccola lì, adesso, la sua promessa spalmata sul pavimento dell'entrata di casa, con una pallina di Natale in bocca e tantissima voglia di defecare.

Mi avvicino a quel muso tenero per cercare un po' di calore, lo abbraccio forte e gli infilo il guinzaglio.

Anche se poi, a dirla tutta, io non sono un tipo da guinzaglio. Nella vita, in generale.

Perché dovremmo legare a noi gli animali, le persone? Non mi sarei fatta mettere al guinzaglio da nessuno, figurarsi metterlo a qualcun altro.

Filippo sapeva quanto rispettavo la sua libertà, la libertà altrui, il desiderio di essere ciò che si vuole e di andare dove si vuole, senza catene. Realizzare appieno il proprio io e, perché no, il proprio ego, nel rispetto di se stessi e degli altri.

Che te ne fai della paura di perdere qualcuno che, all'improvviso, se ne va e basta? Può succedere a tutti, e allora meglio non averla, la paura. E infatti io non l'avevo.

La paura di perdere chi amiamo è naturale, egoistica certo, ma cosa saremmo senza il sentimento di tristezza in mancanza di chi ci fa stare bene?

Delle macchine, degli automi, abituati a liberarsi facilmente anche delle cose preziose!

E per me di sicuro non era così, io non mi liberavo facilmente delle cose preziose. Io, semplicemente, agivo a priori, a monte. Io prevenivo: *nulla* sarebbe stato prezioso per me.

Nemmeno Filippo sarebbe stato prezioso. L'ho deciso nell'istante stesso in cui ci siamo conosciuti.

2

A marzo una delle riviste per le quali lavoro mi aveva spedita a New York per recensire una mostra fotografica su Alejandro Jodorowsky che si teneva al MoMA. Un vero e proprio regalo, in realtà, perché tutti in redazione erano a conoscenza della mia passione sfrenata per Jodorowsky e la numerologia e, quando si era saputo della mostra, nessuno aveva avuto dubbi sul fatto che fossi la persona più adatta per scriverne. Eccomi accontentata con un biglietto in business class su Alitalia al posto 6B.

Assalita dall'ansia che qualcosa andasse storto, avevo pianificato il mio viaggio nei minimi dettagli e, nonostante sia portatrice sana di caos e disorganizzazione, riuscii ad arrivare a Roma Fiumicino con largo anticipo. Dopo aver fatto il check-in e superato la prova costume al metal detector, mi fiondai in edicola per comprare «La Settimana Enigmistica». Sapevo già che, puntualmente, l'avrei riportata a casa intatta, ma questo era solo un dettaglio. Ciò che contava, invece, era avere in borsa l'indispensabile per un viaggio comodo: i trucchi, un libro da leggere, una penna rigorosamente nera, la mia Moleskine rossa e sì, anche i cruciverba.

Nell'attesa che il gate 17 scatenasse l'inferno dando il via alla corsa all'imbarco, trovai un posto a sedere vicino a un uomo che frugava dentro al suo zaino; piegato verso l'interno del bagaglio, con le braccia lunghe scavava nel suo disordine come un bambino scava con vigore nella sabbia.

Per quanto mi sforzassi di scrivere qualcosa sulla mia agenda alla pagina di quel giorno – il 24 marzo –, quell'uomo così piegato nel tentativo di trovare l'introvabile distoglieva la mia attenzione da tutto. Non riuscivo a scorgere il suo volto, ma le sue gambe lunghe, lunghissime, e le sue braccia anch'esse lunghe, lunghissime, mi facevano sperare che quella sinuosa figura non venisse rovinata da un viso insipido. Un viso senza sale. Senza zucchero. Un viso e basta.

Aveva dei jeans blu, di un bel blu. Quel blu elegante che piace a me, un po' consumato dal tempo ma abbastanza in ordine da farlo apparire come un uomo con una certa attenzione all'estetica.

Gli scarponcini marroni stringati erano sottili e lunghi, come del resto tutto il corpo che, sebbene ancora rivolto contro il punto più profondo della Terra, sembrava sfiorare i due metri d'altezza.

Le spalle erano larghe, coperte da una giacca in pelle trapuntata blu petrolio, consumata anche quella. Che voglia avevo di passare la mano su quelle cuciture, di carezzare i bordi di quei rombi in rilievo, di premere le dita contro la sua schiena come si fa con il pluriball dopo aver scartato un pacco. Ecco, quella giacca mi faceva venire voglia di schiacciarla così, con lo stesso nervosismo.

Risalendo con lo sguardo la spina dorsale, dei boccoli baciavano la sua nuca, mostrando una testa riccioluta e scomposta, mentre il corpo ancora sembrava non avere nessuna intenzione di tirarsi su. Iniziai a fantasticare sulla faccia dello sconosciuto gambalunga di fianco a me. Secondo una personale statistica, un uomo con un corpo così longilineo, aggraziato e sensuale non poteva avere un viso interessante. Soprattutto se l'uomo in questione era seduto vicino a me da una decina di minuti senza averci ancora provato.

All'improvviso lo sconosciuto tirò su la schiena e, orgoglioso di aver trovato quello che cercava da troppi minuti, esclamò un esausto: «Finalmente!». L'ultima sillaba la pronunciò nel momento in cui, girando la testa alla sua sinistra, incrociò il mio sguardo ebete.

Niente da fare, ero stata colta in flagrante, con le mani nella marmellata.

Gambalunga mi aveva scoperta a fissarlo mentre sulle mie gambe, un po' meno lunghe, l'agenda aperta tra il 23 e il 24 marzo mostrava due pagine immacolate, che non erano state macchiate nemmeno da una goccia d'inchiostro.

La penna nera che tenevo nella mia mano destra era sospesa a mezz'aria, nello spazio tra me e lui, bellissimo, che mi osservava arrossire per l'imbarazzo e cercava qualcosa da fare per cancellare dalla sua mente il pensiero che lo stessi fissando da molto.

I grandi occhi neri, vagamente a mandorla, incrociarono i miei, che subito, inavvertitamente, si posarono su quelle labbra carnose. Lo sguardo di chiunque sarebbe caduto su quelle labbra, e il mio ci era inciampato clamorosamente, come quando cadi in mezzo alla strada con i tacchi a spillo mentre ti senti Charlize Theron e piombi al suolo come un sacco di patate.

Se ci fosse stato uno specchio davanti a me lo avrei visto anche io che sembravo un sacco di patate. Con un gesto rapido richiusi l'agenda rossa, la riposi in borsa e senza dire una parola mi allontanai a grandi passi da quella che senza dubbio era una delle scene più imbarazzanti della mia vita, con la sola consolazione che quasi certamente non sarebbe mai più capitato di ritrovarsi.

Corsi a cercare una toilette, avevo bisogno di uno specchio per controllare quanto fosse tremenda la mia faccia in quel momento. Paonazza di vergogna, mi bagnai il viso per raffreddare l'emotività adolescenziale che mi aveva colta di sorpresa. Uno dei rari aspetti positivi di non avere il trucco (io quando devo viaggiare non mi trucco mai) è quello di potersi lavare la faccia per rinfrescarsi senza problemi, come fanno tutti gli uomini del mondo. È un gesto che dà una sensazione di libertà assoluta... finché non rialzi lo sguardo allo specchio, per capire che la schiavitù del trucco è eterna come la ricrescita.

Frugai in borsa e decisi di porre un momentaneo rimedio alle occhiaie con un correttore, misi un rossetto un po' aranciato, ma poi non riuscii a resistere e finii per truccarmi definitivamente, marcando anche le sopracciglia, passando la matita nera sotto gli occhi verdi, il mascara sulle ciglia, il blush sulle guance. Tento quasi sempre, inutilmente, di perfezionare l'impossibile, e ogni volta finisce che davanti allo specchio mi faccio prendere la mano. Per esempio, anche se ho una bella pelle, quando cerco di nascondere le occhiaie aggiungo strati di fondotinta per rendere il colore uniforme e alla fine, spesso, copro anche tutto il resto. Spariscono le efelidi ed è un gran peccato.

Con due passi indietro, misurai la giusta distanza dallo specchio per capire se avessi fatto un buon lavoro e, annuendo a quella nuova me con un'espressione orgogliosa, rimisi i trucchi nella pochette mentre una voce metallica fuori campo annunciava: «Ultima chiamata per il volo 2326 diretto a New York. La signora Anita Becci è attesa al gate 17. Ripeto, la signora Anita Becci è attesa al gate 17».

Il talento di essere in ritardo nonostante si faccia tutto in anticipo appartiene a una ristrettissima élite di persone della quale io sono la presidentessa. In situazioni come queste, poi, quando il ritardo è sotto gli occhi di tutti, rimango immobile, indecisa se volatilizzarmi improvvisamente evaporando come una goccia d'acqua tra le vampate di calore del mio imbarazzo o correre incontro al mio destino chiedendo umilmente perdono. Tutto l'aeroporto di Fiumicino sapeva che quella stronza di Anita Becci stava ritardando la partenza di un volo diretto a New York e, sebbene non fossi una vera e propria celebrità, sapevo che la mia faccia, esposta nelle rubriche di grandi testate giornalistiche, probabilmente non sarebbe passata inosservata all'imbarco.

Corsi incontro al mio destino a testa bassa, sperando di incrociare degli sguardi magnanimi mentre mi avvicinavo al patibolo, certa che i miei tacchi neri e la pelliccia sintetica avrebbero rimarcato lo stereotipo della moretta svampita.

Ma nulla che potesse farmi sentire in colpa accadde, non venni nemmeno rimproverata dalle bellissime hostess di Alitalia che, al contrario, mi accompagnarono gentilmente al mio posto.

Con il fiatone di chi ha corso i cento metri alle Olimpiadi (su un tacco di dieci centimetri!) e l'entusiasmo di chi arriva ultimo al traguardo, mi lasciai andare sulla poltrona con la grazia di un ippopotamo esclamando un sonoro: «Finalmente!».

Pronunciai l'ultima sillaba cercando lo sguardo comprensivo del vicino di posto, il 6A, che in tutta risposta sfoggiò un sorriso dai denti bianchi e dritti, incorniciato da stupende labbra carnose e sormontato da un paio di occhi grandi, quasi a mandorla, color nocciola, a tratti nascosti da una disordinata massa di ricci, sopra le grandi spalle... di Mister Gambalunga.

Non serviva una personale statistica per accorgersi che il primato del maggior numero di figure di merda in meno di un'ora lo deteneva, senza alcun dubbio, la sottoscritta.

Oramai di evaporare tra le vampate di calore del mio imbarazzo non se ne parlava proprio. Quindi, allacciate le cinture di sicurezza, mi diedi da fare per ridere di quella goffaggine che mi trascinavo appresso come un'ombra da sempre.

«Trent'anni e il fiato di un'ottantenne. Dovrei smettere di fumare!»

«Oh, sì, dovresti eccome... ma questo genere di ritardo è scritto nel DNA di tutte le donne del mondo e il tuo fiato c'entra poco. Non fartene una colpa, Anita» disse Mister Gambalunga a bassa voce.

«Oddio, ci conosciamo già? Ecco, lo sapevo! Perdonami ma io ho una memoria pessima! Mi era parso di conoscerti...»

«No, non ci conosciamo, ma hanno pronunciato il tuo nome almeno tre volte prima che arrivassi.»

«Continuo a battere il mio primato.»

«Che primato?»

«Lascia perdere. Anita Becci, piacere.»

«Filippo Martini, piacere mio.»

La stretta di Filippo era bella. Aveva la mano caldissima e l'aveva premuta forte attorno alla mia, così fredda e piccola dentro le sue dita. Ogni volta che mi capitava di incontrare qualcuno che stringeva la mano in questo modo, mi veniva in mente mio nonno Carlo. Era stato lui a insegnarmi a salutare con vigore, perché la stretta di mano è uno dei primi gesti che rivolgiamo agli altri, è un messaggio di noi, un biglietto da visita, una vera e propria presentazione del carattere. «Mai dare la mano come se porgessi un pesce morto!» mi diceva, e io non l'ho mai fatto, nemmeno con Filippo.

Rotto il ghiaccio con quel contatto, cercai di ingombrare meno spazio possibile mentre mi toglievo la pelliccia, finta quanto il disinteresse che mostravo per quella vicinanza che stava mandando all'aria le mie abitudini da frequent flyer: eravamo in volo da più di dieci minuti e io non avevo ancora fatto quello che amo fare ogni volta che prendo un volo intercontinentale, cioè scegliere un film. Combattuta tra il tentativo di intavolare una conversazione con il mio nuovo amico e la tentazione di porre fine all'imbarazzo indossando le cuffie, alla fine scelsi le cuffie. Avevo dato fin troppe attenzioni al bellissimo sconosciuto che, accidentalmente, mi perseguitava da ore.

Chiesi alla hostess del vino rosso prima di iniziare la visione di *Birdman*: poi, per centodiciannove minuti, i miei occhi non ebbero altra preoccupazione che fissare il monitor che mi stava di fronte, comodamente sdraiata sulla poltrona reclinabile della business class.

Finito il film, feci appena in tempo a togliermi le cuffie. Mister Gambalunga era già pronto a fare conversazione.

«Ti è piaciuto?»

«Abbastanza.»

«Io l'ho trovato geniale.»

«L'ho guardato perché molti dicono sia geniale.»

«Ma...?»

«Ma non l'ho trovato geniale.»

«Sei la classica donna alla quale piacciono le commedie romantiche?»

«E tu sei il classico uomo che dice a una donna di essere la classica donna? A ogni modo no, non sono una classica donna. E sì, mi piacciono le commedie romantiche.»

«Ho letto la tua rubrica.»

«Quale?»

«Quella che parla alle classiche donne.»

«Faccio finta di non aver sentito.»

«Caratterino.»

Sorrisi. Aveva ragione. Quando qualcuno prova a contraddirmi mi indurisco e basta poco perché il silenzio si trasformi di colpo in un botta e risposta serrato e dai toni un po' ostili.

Io e Filippo avevamo ancora otto ore di vicinanza prima di mettere piede a New York e non incontrarci mai più, così decisi di virare la conversazione su un tema meno spinoso.

«Cosa vai a fare a New York?»

«Torno a casa.»

«Wow! Vivi lì?»

«In realtà no, vivo a Roma, ma ho sia la cittadinanza italiana sia quella americana. Mio padre è italiano, mia madre è newyorkese.»

«Che bello!»

«Tu? In vacanza?»

«Diciamo di sì. Io sono sempre in vacanza, anche quando lavoro. Devo scrivere un grosso articolo su una mostra al MoMA.»

«Di che si tratta?»

«Di una mostra fotografica su Jodorowsky.»

«Interessante.»

«Sì.»

Entrambi spostavamo le teste avanti e indietro, metabolizzando informazioni l'uno dell'altra, attenti a non lasciare spazio a pause troppo prolungate per evitare che lo strano imbarazzo del primo momento tornasse a farci compagnia.

Che voglia di fumare avevo. Con il vino rosso, sarebbe stata la cosa più logica da fare.

Era così grande il desiderio di una sigaretta che lo dissi ad alta voce: «Quanto vorrei fumare».

«Quanto ti fa male.»

«Tutto fa male. Fa male passeggiare per la città respirando a pieni polmoni come se fossimo in riva all'oceano, quando l'unico oceano che abbiamo è quello dei tettucci delle nostre auto. Fa male mangiare troppo o mangiare troppo poco. Fanno male gli insaccati e i formaggi stagionati, ma chi rinuncia al panino con la mortadella e il Castelmagno? Fanno male i fast-food, le patatine fritte e la maionese. Fa male l'alcol, le caramelle e non lavarsi i denti prima di andare a dormire. Fa male non leggere o leggere troppo. Fa male non andare in vacanza o starci troppo a lungo. Fa male amare o non amare mai. Due o tre sigarette quando capita non mi faranno più male di tutto questo. E poi non esagero, non amo esagerare. Stare nel mezzo potrebbe non fare troppo male.»

«Sei logorroica.»

«Pure!» Continuai a sorseggiare il mio vino rosso.

Aveva ragione anche questa volta. «Hai ragione!» gli dissi.

«Io ho sempre ragione.»

«Arrogante! Di che segno sei?»

«No, dài, la storia dei segni no.»

«Quando sei nato Mister Hosempreragione?»

«16 agosto 1977.»

«Leone. Che disastro.»

«Tu quando sei nata Miss Anita B.?»

«Il 26 maggio del 1985, segno zodiacale Gemelli. C'è di buono che il sedici è un bel numero. Purtroppo non ho con me i miei appunti sugli arcani altrimenti avrei disegnato il tuo profilo.»

«Mi conosco bene.»

«Così credi!» esclamai sorridendo. Sorridevo di continuo. Ho sempre avuto questo strano modo di chiudere le frasi, come se tutto fosse divertente. Pensandoci bene, questa cosa di misurare il mondo a seconda di quanto grottesco sia è sempre stata parte di me, quanto più curioso appare tanto più ne rido. Non per sminuirlo o ridicolizzarlo ma per gioirne, semplicemente.

Mi capitava anche, ogni tanto, di immaginare le persone come disegni, sagome stilizzate dal contorno a matita e colorate con pastelli a cera o con gli acquerelli. Alcuni volti li associavo a degli animali. Era più forte di me. Nel guardare Filippo raccontare di sé o dissentire su ciò che dicevo mi sembrò di riconoscere i tratti di uno scoiattolo e trovai fosse una bellissima associazione.

Non trattenni nemmeno quel pensiero.

«Mi ricordi uno scoiattolo.»

«Scusa?»

«Tu, a tratti, nei tratti, mi ricordi uno scoiattolo.»

«Mi piacciono gli scoiattoli. A Roma ce ne sono pochissimi.»

«A Villa Ada ce ne sono un po'.»

«Sì, ma sono cresciuto a Manhattan e il paragone non sussiste.»

Ok. Facendo un rapido riassunto: ero seduta in business class accanto a un bell'uomo interessato a parlarmi, affascinante, elegante, con una voce tremendamente sensuale, dai toni scuri e caldi, due cittadinanze, un'infanzia a Manhattan e il resto della vita a Roma.

Ci doveva essere un inganno. Sì, di solito quando il destino ti mette davanti a situazioni così irripetibili è perché in qualche modo vuole prendersi gioco di te.

Per un po' rimasi a guardarlo senza dire nulla, con l'occhio sinistro più socchiuso del destro mentre con gli incisivi mi mordevo il labbro inferiore e riflettevo su quale potesse essere l'inghippo. Che fosse un Leone la diceva lunga sulla sua cocciutaggine, ma la pacatezza dei modi smorzava il mio pregiudizio astrale. Avevo bisogno di consultare gli arcani. Lo avrei fatto il prima possibile una volta atterrata a New York...

Ma forse correvo e basta, correvo incontro alla voglia di trovare un diversivo da Jacopo.

Mio marito, splendido sotto ogni aspetto, non si era reso conto che non sorridevo più da tempo e, nonostante le mie continue lamentele e le mie richieste di attenzione, nulla era mai cambiato, fino a che non decisi di prendermi un momento di pausa.

Ecco perché Marta, che oltre a essere la caporedattrice era anche una mia amica cara, mi aveva spedita a New York senza pensarci un attimo. Sette giorni in una città meravigliosa, senza spese, per scrivere un pezzo su uno dei miei miti assoluti.

Stavo decisamente viaggiando a mille all'ora dentro agli occhi scuri di uno sconosciuto senza trovarne il senso, perché il centro di tutto dovevo essere io e non potevo perdermi.

Riallacciai le cinture di sicurezza, ordinai del salmone ai ferri e un contorno di insalata per cena e trangugiai tutto in gran fretta per scegliere subito un altro film, finire il vino e potermi addormentare. Funzionò. Quando riaprii gli occhi, molti attorno a me stavano terminando di fare colazione e avevano tirato su le tendine degli oblò. La percezione del sonno in volo è molto strana, sembra sempre di aver dormito tantissimo quando in verità si è trattato di un sonno breve, di poche ore, un sonno che si fa ingannare dal sole che lentamente lascia al buio ciò che illuminava e illumina ciò che aveva lasciato al buio.

Lentamente sistemai lo schienale della mia poltrona in posizione eretta e allungai il collo per accertarmi che quello che vedevano i miei occhi fosse vero: accanto a me non c'era nessuno. Ecco, la solita visionaria che esagera col rosso e inventa uomini aitanti ed eleganti per non farsi deludere dal genere maschile. Poi, però, vidi lo stesso uomo del mio lunghissimo sogno che percorreva il corridoio che dal bagno portava al 6A.

«Good morning!»

«Buongiorno! Per un attimo ho creduto non fossi vero.»

«Me lo dicono in molte.»

«OH-MIO-DIO.»

«Dài, scherzo! Ho letteralmente scavalcato le tue esili gambe per raggiungere la toilette. Russavi!»

«Russavo?»

«Russavi.»

Rimasi nel mio silenzioso imbarazzo per due soli secondi, prima di scoppiare in una sonora risata. Anche lui rise.

Mancava meno di un'ora all'atterraggio. Feci un cenno alla hostess per ordinare la mia colazione e, mentre sorseggiavo il caffè, un pensiero diretto all'infinito mi attraversò la mente.

Cosciente che si trattasse di una riflessione degna dell'ultima ruota del carro dei filosofi, mi domandai ugualmente, fra me e me, nella mia infinitesimale esistenza, spinta da parte a parte in questo mondo di ladri, in questo mondo di eroi, perché il destino si accanisse nel farmi incrociare occhi di cui invaghirmi perdutamente, dato che io, come sempre, quando ricevevo in dono una rosa finivo sempre per accarezzarne le spine.

Ciò che sapevo di Filippo si riduceva a due informazioni: era un perfetto sconosciuto, nato sotto il segno del Leone – quindi, con grandissime probabilità, senza bisogno di consultare gli arcani, a occhio e croce... una grandissima testa di cazzo.

Masticando pane, burro e marmellata, deglutii l'idea che fosse la mia mente, solo lei, a trarmi in inganno. Sebbene gli impulsi del corpo, nel vortice di un istinto animalesco, mi spingessero al contatto con Filippo (che, per inciso, era avvenuto solo dieci ore prima, in quella sorprendente stretta di mano), facendomi sentire come una goffa adolescente in preda a una crisi ormonale, era la mia mente contorta a oltrepassare il limite, fantasticando su quei posti a sedere che non potevano essere una pura coincidenza, non due volte di fila: prima in sala d'attesa in aeroporto, e poi su quel volo diretto a New York, oramai inevitabilmente vicina.

Bevvi il mio bicchiere d'acqua gasata, sfilai la cintura di sicurezza e mi alzai percorrendo il corridoio stretto verso la toilette, alla disperata ricerca di uno specchio.

Avevo la faccia gonfia per il sonno e per il lungo viaggio. Era così tonda che le ombre sul viso sparivano, forse togliendomi degli anni, e non mi dispiacque affatto.

Lavai i denti, sciacquai la faccia e mi diedi una passata di trucco leggero per rendermi presentabile agli occhi della Grande Mela.

Poi schizzai fuori. Non potevo occupare il bagno del jet per riflettere con il mio riflesso sui riflessi incondizionati del mio stupido cuore.

«Non è nulla!» fu l'unica frase che mi concessi in quei cinque minuti di ristoro.

Quando raggiunsi la mia poltrona Filippo si voltò all'improvviso staccando gli occhi dal finestrino e a voce bassa, con un bel sorriso, mi disse: «Tra trenta minuti atterriamo».

«Perfetto!»

Ondeggiavo avanti e indietro con la testa come per scuotermi, per trovare qualcosa di adatto da dire e per non uccidere quel cenno di conversazione, quel tentativo di contatto. Ma non avevo parole giuste evidentemente. Per fortuna continuò lui: «Dove alloggerai?».

«Al Nomad Hotel, sulla Broadway all'angolo con la Ventottesima strada.»

«Oh sì, lo conosco molto bene!»

«Sì, è praticamente la mia casa quando vengo a New York. Tu dove stai?»

«Sulla Quinta, quasi all'angolo con la Settantaquattresima.»

Sempre peggio. Oltre che belloccio, intelligente e gentile, Mister Gambalunga era anche ricco. A quel punto ne ero certa: dietro alle fette di salame doveva esserci una falla gigantesca che i miei occhi annebbiati non riuscivano neppure a immaginare.

Feci un cenno di intendimento allungando il collo e sollevando il mento, poi continuai a ondeggiare con la testa, rassegnata all'idea che non avrei saputo dire nient'altro fino all'atterraggio.

Arrivammo all'aeroporto JFK di New York all'ora prestabilita, le 14.45. La temperatura esterna era di tredici gradi centigradi, il cielo era terso e c'era anche il sole. Così disse il comandante.

I colori primaverili che vedevo fuori dal finestrino mi fecero sperare che, lasciato il caldo abitacolo, non saremmo morti di freddo. New York in questo è davvero imprevedibile, un giorno ti svegli con il sole e il giorno dopo si ricopre di neve come se qualcuno dall'alto ci avesse gettato sopra litri e litri di vernice bianca. La Grande Mela non guarda in faccia le stagioni.

Attraversando il tunnel che ci avrebbe portati alla dogana, rimasi a fianco di Filippo. È strano quel senso di dovere che scaturisce nei confronti di uno sconosciuto che hai avuto accanto per sole dieci ore nella tua vita e che ti spinge a stargli ancora accanto, finché puoi, finché non termina ciò che doveva fare e di cui, in fondo, per qualche assurda ragione ti senti parte. Come se quei biglietti li avessimo presi insieme, come se quei due posti vicini dovessero necessariamente portarci alla conoscenza, alla condivisione, a domani. È così, siamo ponti: nel momento in cui ci stringiamo la mano, creiamo una connessione con altre vite che diventano parte della nostra, con un contatto così superficiale eppure così profondo. Siamo vita perché ci mischiamo ad altre vite, curiosiamo nelle finestre delle case altrui col desiderio di sentirci parte della scena e non meri spettatori.

Avevo lasciato che Filippo sbirciasse in casa mia e lui aveva fatto lo stesso con me, e lo avevamo concesso perché i nostri gomiti a volte si scontravano, perché, più vicini rispetto ad altri, guardavamo nella stessa direzione, viaggiavamo seduti sugli stessi numeri. Chi sedeva due file dietro la mia non aveva lo stesso diritto di Filippo nel chiedermi dove stessi andando. Quella vicinanza ci aveva legati, ci aveva resi altro, di più, la sovrapposizione del blu e del rosso che crea il viola, un colore nuovo.

Quel patto di conoscenza, fatto di arrivederci e di addii, si ripresentò ancora dopo la dogana, quando ritirammo i bagagli e ci ritrovammo davanti all'uscita dell'aeroporto, con l'autista che mi aspettava tenendo tra le mani un cartello con su scritto: ANITA B.

La nostra seconda stretta di mano fu intensa come la prima, ma di certo meno imbarazzante.

«Buon soggiorno, Anita B.»

«Grazie. Allora... bentornato a casa.»

«Già...»

La testa penzolante. Non c'era modo di fermare la mia testa penzolante, santo cielo!

«Ciao.»

«Ciao.»

Ciao. Dieci ore di voli pindarici, di arcani e principi azzurri, di chiodi che schiacciano altri chiodi, le corse da Olimpiadi psichiatriche, il numero sei e la numerologia tutta, gli scoiattoli, il mio nulla, il destino, il corpo e la testa e, alla fine, l'avevo salutato con un *ciao*.

Ci scambiammo un ultimo sorriso, poi gli diedi le spalle, proprio come si fa negli aeroporti, nelle stazioni dei treni, davanti alla porta di casa. Mentre incrociavo il volto simpatico del mio autista pensai che Filippo mi stesse fissando la schiena, che mi stesse guardando allontanarmi, con il desiderio, forse, di chiamarmi a gran voce da dove l'avevo lasciato per potermi chiedere un recapito telefonico o una mail, un fax, qualsiasi cosa gli uomini avessero inventato per mantenersi in contatto tra loro.

A dirla tutta, aprendo la portiera della macchina, non ero certa di volermi girare a guardare se fosse ancora lì. Lo trovavo un gesto un po' patetico, terribilmente sdolcinato. E poi sapevo che se lo avessi scorto a fissarmi davvero, se lo avessi scoperto con lo sguardo perso sulla mia figura ormai lontana, avrei dovuto ricambiare con un saluto, un sorriso, avrei allungato quell'addio fino a costringerlo a diventare un arrivederci. Perché la verità è che quando l'universo sa cosa vuoi fa di tutto per aiutarti a realizzarlo e io sapevo che, se gli avessi inviato quel messaggio di arrivederci, allora di certo io e Filippo, in un modo o nell'altro, ci saremmo ritrovati. Non importa dove, non importa quando. Di questo avevo paura, di pensare qualcosa che fosse più grande della realtà stessa senza la certezza di cosa avrei voluto che accadesse dopo. Non avrei saputo dire se desideravo avere ancora Filippo nelle ore successive della mia vita. Non avrei coniugato al futuro nessun verbo, nemmeno con quello sconosciuto affascinante, nemmeno dopo tutte le coincidenze e i segnali cosmici, perché degli uomini ne avevo abbastanza. Sentivo il bisogno di concentrarmi sul mio cuore stanco, anche nella Grande Mela, per cercare la mia metà soltanto dentro di me.

Messi a fuoco i tanti motivi per cui non avrei dovuto voltarmi per salutare ancora, dovetti fare i conti con l'altra parte di me, il mio gemello contrario, l'obiettore, la moglie di Lot, quella che contravviene all'avvertimento di non voltarsi e si tramuta in una statua di sale. Così mi girai di scatto prima di entrare nell'abitacolo dell'elegante auto nera che mi avrebbe portata via da una delle scene più dolci di sempre, la scena più romantica di un film di cui ero solo un'illusa spettatrice: Filippo, con le sue possenti braccia, stava sollevando da terra una donna bionda e bellissima, baciandola appassionatamente.

«Nomad Hotel?»

«Yes, please.»

3

Il Nomad è la mia casa newyorkese, non riesco a resistergli tutte le volte che progetto una visita a Manhattan. Marta lo sapeva bene, ecco perché aveva avuto l'accortezza di prenotare il mio soggiorno oltreoceano proprio lì.

Dopo essermi riempita gli occhi di grattacieli, taxi gialli e armonioso caos fatto di fumo e cemento, che riconoscevo come la cosa più simile a me, scesi dall'auto trascinando due bagagli: quello leggero dei miei effetti personali e quello pesantissimo della mia statua di sale con dentro la falla gigantesca, l'inghippo, l'inganno, il tranello, l'imboscata, la truffa, la trama di un destino che, osservandomi immobile davanti a Filippo e alla sua splendida donna, si era scaraventato sul pavimento della vita rotolando dalle risate insieme alle galassie tutte.

Al terzo piano, in fondo al corridoio rivestito di moquette color avorio e dall'illuminazione un po' cupa, la mia stanza, la 336, era una suite da capogiro. "Una gioia, finalmente" dissi tra me e me.

Mi tolsi subito le scarpe e i calzini per poter camminare a piedi nudi sul parquet della camera e sentirlo scricchiolare. Respirai a pieni polmoni il profumo delle lenzuola bianche inamidate che riempiva la stanza, affollata da cornici appese al muro illuminato a giorno da due grandi vetrate che davano sulla Broadway.

Corsi a vedere il bagno. Ogni volta che entro in una camera d'albergo ho la grande curiosità di vedere com'è fatto il bagno. Ovviamente in questo caso non avevo alcun dubbio sull'eleganza della suite intera, conoscevo bene il posto, ma cercavo delle conferme. Aperta la porta della toilette, mi ritrovai in una luminosissima stanza interamente rivestita di ceramica bianca e piastrelle diamantate in perfetto stile liberty. Lo specchio, gigantesco, avrebbe potuto ascoltarmi per ore.

Saggiamente, mi allontanai subito dal confessionale, e mi trascinai appesantita dal jet-lag e dall'ironia beffarda dell'universo. A occhi chiusi, con braccia e gambe divaricate, mi lasciai cadere a peso morto, di schiena, sul mio letto king size, tentata dal desiderio di dormire.

Ma non dovevo. Non potevo.

Bisognava resistere almeno fino alle dieci di sera per cercare di stare al passo con New York – che, a essere pignoli, non dorme mai. Mi risollevai di scatto spalancando gli occhi e andai verso la finestra, a riflettere sulla mia prossima mossa. Ero così stanca da non avere niente altro che confusione in testa, così optai per la cosa più semplice da fare: Starbucks e passeggiata sulla Quinta.

Abbandonai la finestra. Dopo dieci ore di viaggio avevo bisogno di un bagno caldo per togliermi di dosso la stanchezza cosmica, e quella vasca bianca e ampia sembrava non chiedere altro che di essere usata.

Chiusi il tappo, lasciai scorrere l'acqua bollente e ci rovesciai dentro il bagnoschiuma all'olio di argan, poi, con l'entusiasmo di chi ha avuto un'idea grandiosa, aprii i pomelli con smania sognando che si riempisse in fretta. Nell'attesa sedetti sul bordo. Staccando gli occhi dal pavimento lucido mi intravidi di nuovo, dentro allo specchio, nel mio riflesso. Di primo acchito vidi me, sì... poi vidi Filippo. Che cosa avesse di speciale quello sconosciuto non lo sapevo ancora, ma continuava a riempirmi la mente come fanno le onde del mare quando si allontanano dalla sabbia appena bagnata e ritornano, prepotenti, a scagliarsi contro le rocce, infrangendosi in mille gocce che poi si aggrappano a tutto ciò che c'è attorno. Quell'uomo era nel mio specchio e nel mio specchio, di solito, ci entravano solo le cose importanti.

Persi subito il contatto con il mio caos, distratta dall'idea degli arcani. In volo mi ero ripromessa di controllare a quale arcano fosse stato destinato Filippo: sommando le lettere del suo nome e cognome (come insegnava Jodorowsky) avrei ottenuto il numero da esaminare. Corsi in camera da letto e aprii il bagaglio per cercare il mio libro sugli arcani, mentre con la mano destra già contavo le lettere.

Filippo Martini aveva quattordici lettere e il numero quattordici, tra gli arcani maggiori, era la Temperanza. Non sapevo leggere i tarocchi, non ho mai imparato, ma tra i numeri e gli arcani la curiosità di ritrovare una parte di me era davvero forte, così avevo iniziato, un po' per gioco, a rincorrere il significato più vicino alla mia vita nel racconto di una figura.

La Temperanza è rappresentata da un angelo. Arriva dopo l'arcano tredici "che ha eliminato l'inutile creando il vuoto necessario per ristabilire la circolazione interna. È giunto il tempo della pace e della salute". Lessi ad alta voce, seduta a gambe incrociate sul parquet: «Questa carta di solito viene considerata come un segno di guarigione, di riconciliazione. Ci si sente protetti. Esorta a cercare l'equilibrio tra gli apparenti opposti. Sovente viviamo con una scissione interna, per esempio tra l'intelletto e il resto di noi stessi». Sospesi la lettura distratta da un rumore lontano, dalla cadenza costante, in dubbio se fosse il mio flusso di coscienza o la vasca da bagno.

Il momento della pace doveva ancora arrivare, evidentemente, perché mi toccò subito ripulire il pavimento ricoperto d'acqua e schiuma. Lanciai *La via dei tarocchi* sul letto e corsi a stendere asciugamani e a chiudere pomelli con la stessa velocità di quando li avevo aperti, ma con molto meno entusiasmo.

A quel punto ero talmente stanca e svogliata che in verità avrei fatto il bagno da vestita, ma il buon senso sopravvenne e mi feci abbracciare dall'acqua calda proprio come mamma mi aveva fatta.

La mamma. Mi venne in mente mia madre, e con lei il mio ruolo di figlia assente. Ero partita senza dirle niente e di rado, negli ultimi tempi, le facevo sentire la mia voce o mi lasciavo guardare negli occhi.

Il problema era Jacopo. Quell'uomo era entrato prepotentemente nella mia vita coinvolgendo amici e parenti e adesso, senza che me ne accorgessi, stava per uscire dalla porta di servizio in punta di piedi, come lasciavo fare alle cose importanti alle quali non volevo dare importanza. Da quando tra me e Jacopo era sceso un velo di apatia a renderci più tristi di quanto in verità non fossimo, mi trascinavo addosso un senso di disincanto nei confronti dell'amore che non volevo mostrare a mia madre – che di sentimenti se ne intendeva eccome, dopo trent'anni di ostinato impegno per rimanere a fianco del fantasma di Umberto, mio padre. Ecco, Elena e Umberto per me erano l'esempio di un amore duraturo, doloroso, dolorante ma sicuramente solido, indistruttibile, spudoratamente eroico, fino alla fine, fino alla morte.

Mio padre se n'era andato salutandoci, dopo una breve e feroce malattia, in un giugno lontano nel mezzo della mia infanzia, e dal giorno del suo funerale continuo a rivederlo tutte le volte in cui mi guardo allo specchio. Mia madre, molti anni dopo che la realtà ci aveva messe k.o., aveva ritrovato l'amore nell'animo buono di un altro uomo, dimostrandomi ancora una volta come si sta al mondo: a cuore aperto. «Anita, la vita è bella perché ti dà sempre una possibilità di riscatto» mi ripeteva tutte le volte in cui inveivo contro la mia esistenza. Anche mia sorella Greta era fastidiosamente innamorata e corrisposta da un uomo splendido, Federico, suo marito da cinque anni, che sommati ai cinque di fidanzamento durante gli anni del liceo e ai cinque di università davano come risultato una cifra spaventosa. Almeno per me.

In sostanza, di andare a casa Becci una domenica qualsiasi per un pranzo inquisitorio, in cui tutti e quattro mi avrebbero interrogata chiedendomi notizie di Jacopo, il "bravo ragazzo", per il momento non se ne parlava proprio. Al mio ritorno a Roma, forse, ci avrei pensato... ma adesso ero a New York e volevo mettere a tacere quel fastidiosissimo dubbio: "Ce la fai a tenertene uno?". Anche perché sapevo che, a ogni modo, la risposta a quella domanda sfrontata sarebbe stata: NO.

Ripulita per bene, decisi che non volevo rimanere ad annegare nella vasca dei miei sensi di colpa per essere la pecora nera dei Becci. Mi risollevai fieramente afferrando un asciugamano bianco, indossai dei pantaloni comodi, una felpa gigantesca, il cappotto e via, fuori dalla camera mentre con il braccio destro, in movimento, mi attorcigliavo al collo una sciarpa a prova di strangolamento.

Lasciato il Nomad alle mie spalle, girando a destra sulla Broadway e ancora a destra sulla Ventottesima, trovai subito uno Starbucks che dava sulla Quinta strada e fu come aprire di nuovo la stanza 336. Una gioia.

Da grande amante del caffè nostrano, so bene che i prodotti di Starbucks non hanno nulla di minimamente paragonabile a quello che offre anche l'ultimo dei bar del Bel Paese. Ma forse è proprio per questo che non capisco, e mai capirò, l'ostinata resistenza degli italiani ad aprirne uno sotto casa mia.

Per una sorta di astinenza da soy chai latte mi fiondai all'interno ordinando la tazza più grande, dopo aver puntato la cassa già dal marciapiede. Aspettai paziente che il mio nome venisse storpiato dal primo malcapitato dietro al bancone, il quale mostrando il bicchiere alla sala e cercandomi tra i clienti gridò con tono incerto: «Annitha?». Afferrando contemporaneamente la tazza e il concetto che nemmeno nomi semplici come il mio riescono a mettere d'accordo due persone di nazionalità diverse, finalmente uscii con il mio trofeo calorico tra le mani e iniziai a camminare sulla Quinta.

New York la prima volta che ci metti piede ti dà la sensazione d'averla già vista, perché è realmente un luogo che hai vissuto ancor prima di viverlo. L'America, attraverso i televisori, ha riempito le nostre case e i nostri occhi, e continua a farlo così tanto da non stupirti nemmeno quando poi la guardi davvero. Io, oramai, avevo avvicinato il naso a quella città che profumava di hot-dog così tante volte che mi sembrava di poterci camminare dentro a occhi chiusi, o quasi. Quando esci da un qualsiasi portone di Manhattan, ti immergi in un concentrato di caos, un concentrato di tutto, perché tutto è ciò che puoi trovare a New York City, come e quando vuoi. L'unica regola è saper nuotare, oppure, a volte, saper restare in apnea.

Tra le cose che mi affascinano di più di questa città ci sono le scale antincendio. Starei a guardarle per ore, aggrappate alle facciate dei palazzi. Mi riportano alla mente tutti quei film in cui, quando le cose si mettono male, i protagonisti possono sempre darsi alla fuga dalla finestra, e poi giù da quegli scalini in ferro... Forse perché ho sempre amato l'idea di avere l'opportunità di una scappatoia alternativa, un'uscita di scena che non fosse quella normale della porta di casa.

Camminai fino allo sfinimento, con il mio chai latte in mano, lasciandomi alle spalle l'Empire State Building, la cattedrale di St. Patrick, il MoMA e tutta una sfilza di vetrine griffate sulle quali avevo lasciato le mie impronte digitali e forse anche un po' della mia saliva. Si era fatto buio quando arrivai davanti a Central Park, raggiunto faticosamente a causa dei marciapiedi affollatissimi – perché, qualsiasi sia la direzione in cui cammini sulla Quinta, c'è sempre una marea di gente che oppone resistenza al tuo passo svelto trascinandoti dove non vuoi, come fanno le correnti del mare.

Trovai un po' di pace su una panchina, oltre il muretto che divideva l'erba dal cemento, e mi sdraiai lungo le fredde assi di legno senza pudore alcuno. Guardai, oltre i rami, il cielo blu di Prussia, violaceo verso ovest là dove immaginavo l'orizzonte, cercando di scorgervi delle stelle. Che pensiero stupido: New York non conosce le stelle, è troppo inquinata, troppo luminosa per vedere oltre la sua luce.

Rimasi in religioso silenzio a fissare il tappeto blu sopra la mia testa quando una risata contagiosa al di là del muretto mi fece rinsavire. Ancora sdraiata, con la fronte corrucciata come a spremermi le meningi, iniziai a frugare nella mia debolissima memoria per ricordare a chi appartenesse quel suono appiccicoso. Tirai su il busto di scatto, con un colpo di reni che avrei ricordato nei giorni successivi trovando, se ancora ce ne fosse stato bisogno, la prova schiacciante che i miei addominali non erano mai esistiti.

Oltre la siepe, dopo il muretto di mattoncini marroni, riconobbi non molto distante da me quella figura lunga dalla testa riccioluta. Era a lei che apparteneva la voce familiare che mi aveva costretta a quello sforzo ginnico umiliante.

Spalancai gli occhi nel tentativo di capire se quello che vedevo fosse effettivamente reale. Quando mi resi conto che non era il frutto della mia invidiabile immaginazione, ma la semplice danza della vita che si prendeva gioco di me, sussultai per quella incredibile coincidenza e mi tappai la bocca con entrambe le mani per trattenere un urlo di stupore e di spavento.

Filippo.

A pochi metri dal cespuglio dietro al quale mi nascondevo, Gambalunga chiacchierava e rideva con due tizi che, dai pochi brandelli di conversazione che ero riuscita a captare, dovevano essere amici di vecchia data. Pregai in tutte le lingue che conoscevo perché non indietreggiassero, o non avessero la sciagurata idea di fare una passeggiata al parco: a quel punto avrei dovuto utilizzare il superpotere dell'evaporazione, e non era davvero il caso. Dopo gli addominali non pervenuti, non avrei avuto la forza di sopportare che anche il mio superpotere fosse immaginario. No, due umiliazioni in un colpo solo no!

Pazientai sulla panchina sbirciando oltre la siepe.

Lui era bellissimo. Io ero stupida.

Non riuscivo a credere alla situazione assurda in cui mi ero cacciata: appollaiata su una panchina, dietro a un cespuglio e senza una via di fuga – altro che scale antincendio! Aspettai per una ventina di minuti che Filippo e i suoi amici si salutassero, poi lo vidi attraversare la strada ed entrare nel portone di fronte. Non so per quanto tempo rimasi a fissare l'edificio – splendido – dentro al quale era scomparso, ma alzando gli occhi rividi la sua ombra oltre le tende bianche del bovindo al secondo piano. Sembrava fosse da solo in casa, perché prima che lui salisse la finestra, ne ero certa, non era illuminata.

Fu questo pensiero a riscuotermi: se non volevo apparire una stalker, dovevo andarmene il più lontano possibile. Ma a quel punto, mi dissi, tanto valeva segnarsi l'indirizzo. Abbandonai la panchina e attraversai la strada. Ero al 925 della Quinta, quasi all'angolo con la Settantaquattresima; quell'informazione mi era già stata data, troppe ore prima, ma io l'avevo rimossa, dimenticando che il destino ha la memoria di un elefante e gioca a mettermi in situazioni imbarazzanti ogni volta che può.

Per un attimo mi punse la malsana idea di cercarlo, di palesarmi, di dirgli: «Ciao», di raccontargli di quella coincidenza incredibile che ci aveva visti divisi da un muretto senza volerlo, di quel sincronismo cosmico che ci aveva fatti incontrare un'altra volta, la terza, anche se a saperlo ero solo io. Volevo liberarmi di quel cazzo di messaggio universale, volevo condividere l'informazione per liberarmi dal suo peso, renderlo partecipe di quello che ci stava capitando.

Ma fortunatamente arrestai in tempo la mia dissenteria cerebrale. Stavo diventando ridicola, e la verità era che non ci stava capitando niente – al massimo stava capitando a me, nella mia testa.

Intrapresi la mia marcia a piè sconfitto nel verso opposto all'Upper East Side e alla casa illuminata di Filippo, per tornare al Nomad e mettermi in pigiama.

A metà strada, con le gambe a pezzi, alzai il braccio destro al cielo in segno di resa, fermando il primo taxi libero.

Rientrata nella 336, senza togliermi il cappotto, mi scaraventai sul letto con lo slancio atletico di un panda e finalmente, con un atterraggio scoordinato, mi rotolai sulle coperte fresche e bianche che desideravo già dal pomeriggio.

Lanciai lo sguardo contro il soffitto, con lo stomaco sottosopra. Quell'uomo, nel giro di appena ventiquattro ore, mi aveva rivoltata come un calzino senza sfiorarmi nemmeno. Non volevo sentirmi così. Non volevo sentirmi come una stupida sedicenne innamorata di un'idea, di una recondita speranza. Speranza di che cosa, poi? Io sposata, lui impegnato, due sconosciuti, un film tutto mio.

"Se la speranza è il più longevo dei sentimenti, che si

suicidi adesso" pensai. Mi risollevai liberandomi dalla paresi meditativa e presi il pc per fare quello che nella mia situazione avrebbe fatto qualsiasi donna (sì, in certe cose siamo tutte uguali): controllare i social.

Scrissi il suo nome su Google... e la ricerca diede dei risultati sorprendenti. Filippo Martini era una piccola star nel campo della fotografia, uno di quei personaggi importanti di cui però nessuno sa mai nulla perché, anziché metterci la faccia, ci mettono il talento, l'arte, le idee. Aveva collaborato con tantissimi, fotografato mille volti e co-diretto video e pubblicità. Una star del dietro le quinte, da chiusura del sipario, l'occhio al di là dell'obiettivo, la mente che guida le mani. Spalancai la bocca davanti a quel curriculum lunghissimo e portai il cursore sul link più interessante: il profilo Facebook.

Prima di aprire la porta della sua "casa digitale" feci un grosso respiro, come per prendere le distanze da tutto quello che avrei potuto trovarci dentro e che, senza nessuna logica, temevo potesse ferirmi. Mi vennero in mente tante immagini: quella dell'abbraccio e del bacio appassionato con la biondina fuori dall'aeroporto, la sua casa sulla Quinta strada, il suo sorriso furbo e lo sguardo a tratti arrogante. Non mi aveva detto che faceva il fotografo, non ne avevamo parlato e io, totalmente presa dalla voglia di raccontarmi e di raccontargli ciò che avrei fatto nella mia settimana a New York, non gli avevo chiesto nulla. Mi piaceva un uomo di cui non sapevo niente, e forse era proprio questa l'unica cosa che mi piaceva davvero.

Cosa avrei trovato sul suo profilo? Altre informazioni sul suo lavoro? Le foto che non aveva scattato lui delle tante vacanze fatte in giro per il mondo, volando in business class? La data di nascita (che sapevo già) o la situazione sentimentale? Qualche video che rivelasse i suoi gusti musicali, o un post impegnato che lasciasse trapelare il suo orientamento politico...

Decisi di non guardare. Avevo cambiato idea, non sarebbe stato di certo quello il modo migliore per saperne di più sulla sua vita, anzi, mischiando arbitrariamente un mucchio di immagini e informazioni ambigue rischiavo soltanto di creare altri mostri, altre fantasie, che mi avrebbero portato molto lontana dalla verità.

Con un gesto secco chiusi il pc, e non feci in tempo a godermi quell'istante di buio totale che il cellulare si illuminò. Un messaggio di Jacopo, essenziale ed efficace: "Mi manchi.".

Non è che lui non mi mancasse, è che avevo bisogno di starmene un po' per i fatti miei e ritrovarmi tra le mie cose, senza essere necessariamente parte di un duo, di una coppia, di un "senza te mi sento incompleta". No, io mi sentivo più che completa con le mie mille me. Avevo fatto spazio per Jacopo perché ne ero innamorata, ma questo alla lunga ci aveva ridotti a stare appiccicati dentro al mio cuore, che era grande solo quando non mi mancava il fiato. Eravamo rimasti, io e Jacopo, incollati in un matrimonio che ci sembrava felice, fino a quando io non avevo sbattuto la testa contro l'arrivo dei miei trent'anni e il terrore di invecchiare senza prima aver fatto tutto – tutto cosa, poi? Questo non mi era mai stato chiaro. Poi l'amore si era tramutato in abitudine (un'abitudine di cui anche una coppia sposata da decenni avrebbe fatto volentieri a meno) e io, con il passo della pantera rosa, mi ero allontanata spiegando che... niente. Non avevo spiegato niente. Onestamente non mi ero impegnata molto nel tentativo di giustificarmi, quindi l'avevo costretto a restare confinato nell'angolo della mia vita, in maniera del tutto superficiale, perché, avevo sottolineato, «io ho bisogno dei miei spazi e del mio tempo».

Ero stata molto dura con lui, lo so, ma ero arrivata al limite della sopportazione. Dovevo dividermi tra il lavoro, i sogni, gli affetti e le attenzioni che gli dovevo e, senza l'entusiasmo e il trasporto degli inizi, quello stare insieme era diventato nient'altro che un impegno in più, un problema che non sapevo affrontare. Negli ultimi tempi mi ero spenta, assuefatta dalla routine, e mi era parso di non avere più la creatività che avevo prima di incontrarlo. Forse lo stavo demonizzando per qualcosa che sarebbe accaduto anche senza di lui, l'apatia in cui ero piombata forse prescindeva dalla sua presenza, ma a ogni modo, allontanandolo da me, mi ero illusa di aver sciolto alcuni dei miei nodi.

Provai a scrivere una risposta decente, e per farlo cancellai il messaggio almeno una decina di volte.

“Ehi, come stai?” No, questo avrebbe aperto un portone gigantesco. Se a Manhattan erano le nove della sera, a Roma erano le tre del mattino e questo significava soltanto una cosa: Jacopo, insonne, immerso nella malinconia della notte, era riuscito a rompere il silenzio con un messaggio e non vedeva l’ora di assorbirmi il cervello con un monologo sulla sua tristezza.

“Anche tu.” No, non era vero; o, almeno, non lo era del tutto. Un messaggio del genere avrebbe riacceso le luci in stanze che nel nostro rapporto, in quel momento, desideravo rimanessero al buio.

“Ti voglio bene.” Ti voglio bene? Non era il caso di mettere in mezzo i sentimenti e nemmeno di umiliarci entrambi come se fossimo due fidanzatini alle prime armi.

Le consonanti rimaste sullo schermo luminoso per troppo tempo decisero autonomamente di anticipare il messaggio finale, che inviai, senza volere, nel tentativo di comporre una frase di senso compiuto, che fosse insieme delicata e perentoria.

Provai a interrompere l’invio, ma non fu più possibile. Il mio messaggio a Jacopo arrivò forte e chiaro, dall’America all’Europa, dagli Stati Uniti all’Italia, da

New York City a Roma, da Manhattan a Trastevere, dalla mia stanza al terzo piano del Nomad alla camera da letto al secondo piano di casa nostra: "Ciao".

Perché? Perché la maledizione del "Ciao" mi stava perseguitando?

Mio marito, nel pieno della nostalgia alle tre di notte, dall'altra parte del mondo, in risposta al suo: "Mi manchi" avrebbe letto: "Ciao".

Rimasi a fissare il cellulare con la bocca a forma di O, la fine di un lunghissimo "No" che rimbombava nella mia testa a seguito dell'errore. Dovevo rimediare, anche se mandare più di un messaggio era esattamente quello che volevo evitare. Scrissi soltanto: "Scusami, stavo rispondendo ma ho cliccato invio per errore".

Repentina la risposta di Jacopo: "Cuore, come stai?".

No! No! No! "Come stai?" No! Avrei dovuto rispondere ancora, mentre io volevo solo andare a dormire, volevo solo chiudere quella faticosissima giornata, volevo solo andarmene con i pensieri il più lontano possibile da lì.

"Sto bene e tu?" Non ero sincera, non volevo che mi dicesse come stava. Non volevo ritornare sui soliti discorsi o sentirmi in colpa perché probabilmente stavo meglio di lui nonostante il disordine delle nostre vite, del nostro rapporto ingarbugliato. Così, senza aspettare che rispondesse, mi preparai per la notte.

Puntai la sveglia per le nove del mattino con la consapevolezza che sarei stata io a svegliare lei per via del jet-lag, ma speravo comunque che la stanchezza che mi trascinavo addosso e la giornata intensa mi avrebbero concesso un sonno abbastanza lungo e profondo.

Chiusi gli occhi e pregai di sognare.

4

Fu il suono più brutto del mondo, quello della sveglia, a farmi aprire gli occhi. Avevo dormito sodo, come speravo, ma del mio sogno non c'era traccia, non nella mia memoria almeno.

Ricordai vagamente di avere un impegno, qualcosa in sospeso... la risposta di Jacopo! Non avevo la minima intenzione di cominciare la giornata cercando soluzioni impossibili ai nostri problemi, non lì, non in quel momento. Quindi ignorai il messaggio e mi diedi come unico obiettivo quello di raggiungere un soy chai latte ancor prima di rivolgere la parola al mondo.

Nel tragitto dalla Broadway alla Quinta, prima di entrare da Starbucks, vidi un uomo chinato su un grosso cestino della spazzatura. A New York di senzatetto ce ne sono tantissimi, eppure, tutte le volte che ne vedo in giro, in questa metropoli gigantesca, fa sempre un certo effetto. Sembrano invisibili, la gente sfreccia veloce rincorrendo gli impegni e pare non vederli, loro stessi si muovono per le strade come se nessuno li notasse perché, in effetti, è proprio così. Nessuno li guarda.

Il suono di un clacson interruppe quel pensiero mentre con lo sguardo fissavo ancora il clochard sul marciapiede opposto. Niente da fare, anche quel giorno non avrei di certo salvato il mondo. Tanto valeva, una volta prelevato il chai latte, chiamare un taxi che mi portasse al MoMA.

La prima volta che avevo messo piede al Museo delle arti moderne della Grande Mela era stata tanti anni prima, appena dopo la laurea in Scienze della comunicazione. Ricordo ancora lo stupore nel ritrovarmi in mezzo alla bellezza dipinta d'ogni forma e colore, le correnti, le contraddizioni. Ricordo che alcune cose mi avevano fatto innervosire, altre mi avevano fatto sognare, mi avevano trascinata dentro al quadro, mangiata e risputata fuori più colorata che mai. Frida Kahlo mi aveva raccontato le migliori storie.

E ora eccomi ancora lì, davanti a quell'entrata, con il naso all'insù a cercare di riconoscere ciò che anni prima avevo fermato dentro di me. Entrai indisturbata con il mio Press Pass al collo e chiesi informazioni su "Danza della realtà", la mostra fotografica sulla quale, già lo sapevo, avrei avuto tanto da dire.

Raggiunsi il quinto piano, dove un corridoio stretto mi accolse dentro quella vita che mi sembrava di aver ripercorso già mille volte leggendo i libri di Jodorowsky e quelli che parlavano di lui. Un'istantanea ritraeva un bambino con calzoni corti e calzettoni al ginocchio a Tocopilla, nel nord del Cile, davanti alla "Casa Ucraina" del papà Jaime – un uomo molto duro, che usava l'intimidazione come metodo educativo e di cui Alejandro, bambino solitario e disperatamente affamato di parole e gesti affettuosi, era stato succube per molto tempo.

In un'altra immagine la madre Sara Felicidad e il padre Jaime, la prima in piedi alle spalle del secondo, seduto per non mostrare quanto fosse più basso di lei. La bellissima sorella Raquel, che si curò sempre poco del fratello, in una posa hollywoodiana. Alejandro era vissuto all'ombra di una famiglia ingombrante, dalla quale tentò di farsi notare trasformando la pena delle lacrime proibite e della nostalgia di Tocopilla (lasciata per raggiungere Santiago del Cile) in grasso, arrivando a pesare poco più di cento chili all'età di undici anni, come mostra la foto che lo ritrae davanti a El Combate, il nuovo negozio del padre nella capitale cilena.

«Esiste una realtà concreta costituita dai corpi che se non viene accompagnata da una realtà psichica diventa invisibile.» Lessi quelle parole ad alta voce. Che brutto vizio avevo, in mezzo alla gente, nel totale silenzio, di comportarmi come se fossi sola! Eppure lo stupore nel leggere quella frase (sebbene di Jodorowsky non mi stupisse più nulla) mi spinse a ripeterla alla mia mente attraverso il suono della voce per aiutarmi nel ricordo.

«La vera morte è l'oblio.»

Questa volta non fui io a parlare. Alle mie spalle, davanti al volto di Jodorowsky intento in una pantomima a Santiago del Cile, ormai cresciuto e identico al padre che per tanto tempo si era burlato della sua sensibilità femminile, qualcuno rispose prontamente alla mia lettura ad alta voce.

Mi voltai con un sorriso, le conoscevo bene quelle parole e adesso cercavo di collegare un volto all'accento romano che le aveva pronunciate.

«Chiedo scusa, non ho resistito.»

«No, scusami tu, questo brutto vizio di leggere ad alta voce non mi abbandona mai.»

E non mi abbandonava mai nemmeno la sfortuna di imbattermi in notevoli esemplari del sesso maschile. Il marcantonio barbuto mi fissava con gli occhi color nocciola sorridendo alle mie scuse, mentre io gesticolavo schiacciata dal peso dell'imbarazzo di fronte al suo sguardo insistente.

Così non andava, avevo bisogno di concentrarmi, volevo restare sola con il mio cileno preferito. Mi spinsi verso un'altra parete per osservare il volto invecchiato di Alejandro, e mi avvicinai sempre più ai suoi occhi per guardarli da vicino e coglierne la magia.

«Se continui così ci entri dentro.»

Ancora, l'accento romano mi seguiva come un'ombra.

«Ma volesse il cielo!» risposi ridendo.

«Anche a me piace molto Jodorowsky.»

Sorrisi ancora. Era evidente che l'uomo vicino a me cercava un contatto, forse tentava di sfuggire alla solitudine. Il problema era che io, invece, quella solitudine la bramavo troppo, e da troppo tempo. Con fare gentile, perdendomi nella confusione, mi allontanai verso un'altra sala.

Con calma, finii il percorso all'interno della mostra e andai a cercare un caffè americano. Mi ributtai in mezzo al cemento della Quinta sentendomi un po' spaesata. A volte la solitudine mi fa venire le vertigini, percepisco quella sensazione di libertà in cui sono slegata da ogni cosa e posso muovermi senza rischiare di far male a nessuno ma poi, all'improvviso, succede che avverta il bisogno di aggrapparmi a qualcosa, a qualcuno, come se fossi ubriaca di tutto quel girovagare senza meta, senza direzione, senza obiettivo.

Mi guardai intorno e mi sentii invadere, dal profondo delle viscere, dal desiderio di quel calore umano che ero riuscita a sfiorare il giorno prima, e che dentro di me era rimasto incompiuto. Ecco, in momenti come questi, in bilico tra il silenzio e il frastuono, non ero poi certa che ciò che cercavo fosse davvero la solitudine.

Decisi di lasciarmi alle spalle la Cinquantatreesima e

di fare una cosa che fanno soltanto le ragazzine di sedici anni: presentarmi sotto casa di Filippo fingendo di passare accidentalmente da lì, attendere di incontrarlo e inventare una scusa valida che giustificasse la mia presenza davanti al portone di casa sua.

Mossi i primi trenta passi verso la mia insensata ossessione ma mi arrestai all'improvviso, svuotata di tutto l'entusiasmo possibile. Ero diventata matta. Stavo davvero pensando di appostarmi sotto casa di uno sconosciuto per poterlo incontrare di nuovo? Mi vidi riflessa in una delle vetrine che illuminavano la Quinta strada e mi trovai confusa, sola in mezzo al mare di gente che sfrecciava da destra verso sinistra e da sinistra verso destra, schivandomi. Adesso non c'era nessuna differenza tra me e il barbone di qualche ora prima: lui cercava cibo, io cercavo amore.

Quella patetica immagine di me non smetteva di fissarmi, aspettando che muovessi un passo oltre la vetrina per evitare di rivedermi ancora. Decisi di accontentarla, allontanandomi dai miei istinti adolescenziali, e mi portai sulla strada di ritorno verso il Nomad mentre sentivo avvicinarsi pericolosamente l'ora della riunione condominiale delle mie mille me pronte ad aggredirmi o a difendermi per le scelte, sbagliate e giuste, che stavo prendendo. Cos'è giusto? Quello che ci rende felici è giusto. E io sarei stata felice di rivedere Filippo, anche solo per dirgli: «Ciao» e poi andare via, sarei stata felice di poterlo almeno guardare negli occhi per capire che il mio era un gigantesco film, una pellicola in bianco e nero, un lungometraggio muto che parlava soltanto nella mia testa. Volevo la conferma che ritrovarsi seduti così vicini una volta, poi due, e ancora una terza, davanti a casa sua, fosse una pura casualità.

Avevo immaginato una corrispondenza emotiva tra di noi e adesso, forse per un capriccio, cercavo una smentita. Era un capriccio, sì. L'avevo vista, la biondina che abbracciava in aeroporto. E vedevo bene l'oro della mia fede nuziale, che quasi faceva il movimento dell'hula-hoop attorno al mio anulare secco scivolando giù fino alla falangina.

"Torna in hotel, Anita" mi dicevano tutte le altre, "torna in hotel, che a mettersi nei guai si fa presto e a uscirne ci perdi la vita."

"Maledetta me" pensavo dopo aver camminato per chissà quanti isolati, "maledetto tu che sei entrato nella mia vita e non so neanche chi sei, ma so per certo che tra le maglie slabbrate di un cuore stanco anche il più grande degli sconosciuti può trovare posto e farlo sentire meno affaticato."

A gambe molli davanti all'entrata del Nomad, con la testa pesante, rassegnata alla mia nuova missione – dimenticare in fretta e furia la sbandata del mio cuore che ama correre su una ruota sola –, con sorpresa, cercando la mia persona riflessa nella massiccia porta a vetri scuri dell'hotel, non vidi più la sua immagine, ma quella di Filippo.

Era evidente che avevo totalmente perso la testa: vedevo Mister Gambalunga riflesso pure sui muri! Con una mano mi scompigliai i capelli, come se con quel gesto intendessi rimescolare anche i pensieri, poi oltrepassai l'ingresso fino alla reception. E no, il problema non era la mia testa. Il problema era lui, e lui era lì.

«Ciao!»

«Che ci fai qui?»

«Sono felice anche io di rivederti.»

«Ma non posso essere felice, ho attraversato tutta la Quinta strada convenendo con le altre che avrei dovuto dimenticare.»

«Le altre chi?»

«Lascia stare!»

«Dimenticare cosa?»

«Tu bevi bianco o rosso?»

«Rosso.»

«Bene.»

Non riuscii a chiedergli perché si era presentato al mio hotel, non riuscii a credere che si fosse ricordato del mio hotel. Non riuscivo a credere a nulla, ma stava succedendo e ne ero felice. Ecco cos'era giusto, che io fossi felice.

Bevemmo del vino al bancone del bar del Nomad e tutto intorno era la notte, le luci soffuse e giallastre, il legno scuro e lucido di ogni mobile che ci circondava, i camerieri vestiti in nero, i tendaggi pesanti. Ogni cosa attorno tentava di ingannarmi affinché, a tratti, quel momento così surreale mi sembrasse un sogno.

Era buio anche quando lasciammo l'hotel per andare a mangiare qualcosa nelle vicinanze. Camminammo per un po' e io finsi di non essere stanca, perché effettivamente stargli accanto mi dava un'energia strana, mi faceva fluttuare sui tacchi con eleganza, dimenticando la fatica; stargli accanto mi faceva stare a schiena dritta, con il collo ben allungato e il mento un po' in alto.

Non mi chiese mai dell'anello d'oro attorno al mio anulare sinistro, e io non gli chiesi mai della donna dai capelli color oro che avevo visto con le braccia attorno al suo collo in aeroporto. Sembrava fosse un tacito accordo, probabilmente meschino, in cui era chiaro che quello che importava a entrambi, dal primo momento in cui i nostri occhi si erano incrociati, non erano le convenzioni sociali, i percorsi che avevano fatto le nostre vite fino a quel momento o le strade che avrebbero imboccato dopo. Quello che ci importava era che i nostri corpi non fossero troppo distanti da sentire le vertigini per la mancanza.

Ci guardammo moltissimo negli occhi, senza mai distoglierli, quasi fosse una sfida quella di non abbassare la guardia, di dimostrare chi dei due era più interessato all'altro. Io ti ho pensato tutto il giorno, io di più. Sembrava questo. Sembrava che ci stessimo rimproverando di non esserci detti ogni cosa da subito, coscienti della situazione scomoda in cui entrambi ci eravamo trovati: sconosciuti e innamorati. Non capimmo mai di cosa. Se c'era da abbassare lo sguardo, però, a farlo per prima ero sempre io perché cedevo all'imbarazzo, perché lui aveva gli occhi più forti dei miei e perché mi sembrava che dopo alcuni minuti in cui riusciva a tenere la vista fissa su di me all'improvviso quelle fessure scure dalle quali mi spiava si facessero più tristi, come se gli cascasse addosso un velo di malinconia, e che scuotesse lentamente la testa da sinistra verso destra e viceversa come per dirsi: "No, no, no".

Così distoglievo lo sguardo e mi stringevo le mani, per farmi forza.

«Che c'è?» gli chiedevo corrucciando la fronte, e lui ancora mi fissava e diceva: «Mannaggia a te, mannaggia».

Quella scena si ripeté più volte durante la cena, finché non lo incalzai con il mio fare puntiglioso e gli domandai: «Sai cosa vuol dire "mannaggia"?».

«No, che vuol dire?» rispose lui, già stanco di quel tono da maestrina di cui ero capace alle volte.

«Vuol dire "male ne abbia". Che fai, mi auguri del male?!»

«Non sia mai!»

Sorrisi.

«Prometto di proteggerti.»

Rimasi di stucco. Proteggermi da cosa? Perché mi stava dicendo una frase così forte quando le nostre vite si erano scontrate soltanto da quarantotto ore? Lo trovai sconveniente, fuori luogo, doloroso soprattutto, perché era ovvio che pochi istanti dopo o poco più mi sarei dovuta rendere conto che non mi avrebbe protetta affatto.

Non gli chiesi mai il perché di quella frase, anzi, pensavo che, quando già si conoscono le risposte, alle volte si fa meglio a non cercare conferme. Lasciai che entrambi dessimo a quelle parole lo spessore che la misura del nostro cuore ci consentiva di dare.

Per me furono un macigno. Gli tesi la mano aspettando che l'afferrasse, come per avvalorare quella promessa, lui la strinse come sapeva fare e lasciammo scivolare le nostre dita sul tavolo, distanti.

Insistetti per pagare il conto e a lui fu concesso di lasciare una bella mancia. Ho sempre amato offrire colazioni, pranzi o cene agli amici o agli amori, mi sembra un gesto delicato, una carezza, la cura dell'avere cura di qualcuno.

Quando mi alzai dalla sedia capii che il vino era stato troppo, che il cibo era stato troppo poco e che quel whisky per il quale Filippo andava matto e che aveva voluto farmi assaggiare a tutti i costi aveva sfocato i contorni delle cose, rendendole morbide come il velluto e facendole oscillare davanti ai miei occhi, che a fatica riuscivo a tenere aperti. Le sedie, i tavoli, le finestre. Tutto si muoveva lentamente e aveva il suono ovattato di un battito cardiaco, il mio. Sentivo il cuore nelle orecchie mentre la voce di Filippo, bassa e calda, tentava di indirizzarmi verso l'uscita del locale, tenendomi per il braccio per evitare che inciampassi nella mia stessa sbronza.

Ero alticcia, sì, ma riuscivo a conversare e a comporre ancora frasi di senso compiuto. Semplicemente avevo perso del tutto il controllo del mio corpo, che, molle come un budino, se non fosse stato per Filippo si sarebbe accartocciato su stesso.

Fuori dal ristorante – abbandonato nonostante tutto con un certo aplomb, perché la classe prima di ogni cosa –, ci ritrovammo nel mezzo di un acquazzone da fine del mondo.

Io e Filippo nella pioggia, cercando riparo inutilmente, iniziammo a ridere a crepapelle.

«Sei ubriaco?»

«No.»

E allora perché mi stringeva così vicino a sé? Voleva difendermi da quei goccioloni giganteschi?

Mi parve un gesto così intimo che solo un uomo privo di inibizioni, come lui non si era affatto dimostrato fino ad allora, avrebbe potuto fare.

Feci un grandissimo sforzo per tornare lucida e tentare di raggiungere l'hotel, ma ogni taxi che sfrecciava sulla Quinta era già occupato e provare a prenotare un'auto con Uber parlando al telefono in inglese, nelle condizioni in cui ero, era un'impresa disperata.

Aspettammo un po', poi, quando fu chiaro che non c'erano mezzi disponibili per riportarmi a letto sana e salva, guardandomi con quegli occhi privi di ogni pudore lui mi disse con naturalezza: «Sali da me».

Era da solo? Evidentemente era da solo, sì. Ma non avevo il coraggio di salire in casa sua, sebbene il desiderio di trascorrere qualche ora – infinite ore! – con lui fosse irrefrenabile.

«No, aspetta, provo a richiamare un taxi.»

«Sali da me!»

«Ma non ho lo spazzolino.»

Avevo davvero detto di non avere lo spazzolino? Uno degli uomini più attraenti mai conosciuti in vita mia mi stava chiedendo di salire in casa sua e io gli dicevo che non potevo perché non sapevo come lavarmi i denti prima di andare a dormire?!

«E va be', fai con l'indice!»

Credo sia stato quello il momento in cui ho creduto di amarlo. Perché a quel punto tutto ciò che era di velluto non lo fu più, ogni oggetto si riappropriò della sua forma originale, lui stesso tornò a essere incredibilmente nitido ai miei occhi e la cornice intorno a noi riapparve improvvisamente. Non sentivo più il riversarsi violento della pioggia sui marciapiedi, né il vino ondeggiare nella mia testa.

Sorrisi. Il taxi non rispondeva. Per fortuna.

Ci avviammo verso il 925 sulla Quinta strada, quel civico che mi ero ripromessa di non raggiungere mai più dopo la strana coincidenza del giorno prima, che ci aveva visti separati da un muretto con me nel ruolo della stalker involontaria. E invece eccomi di nuovo lì, con il silenzio che ci teneva compagnia mentre passo passo raggiungevamo casa sua, a volte lanciandoci delle occhiate, a volte fissandoci i piedi, a volte sorridendo tra noi di noi stessi. Due adulti incoscienti, io più di lui, con la fede al dito e tutto l'egoismo del mondo trascinato come un mantello lungo la strada, come a proteggermi, come a dirmi anche lui, ancora una volta: "È giusto che io sia felice".

Gli cedetti il passo davanti alla porta di casa. Lui, brillo ma non troppo, cercava di non far trapelare nessun tipo di sensazione, neanche una smorfia che facesse intendere pentimento o paura. La chiave non trovò subito la serratura, un grande classico. Che bello che era, ancora ricurvo come la prima volta che l'avevo visto, la schiena lunga e i capelli arruffati, bagnati dalla pioggia incessante.

Lasciammo le scarpe inzuppate sullo zerbino all'ingresso e salimmo le scale a piedi nudi, nel buio totale, mentre lui con la mano destra afferrava la mia sinistra e mi faceva strada nella sua vita fatta di oggetti che non riconoscevo, vasi, quadri appesi alle pareti.

La casa aveva un buon odore, ma nulla intorno mi parlava, nessuna storia da intuire. Mi lasciò da sola per un istante nel salotto e ritornò con una coperta e un cuscino.

«Se vuoi sul divano ci dormo io.»

«No, ti prego, starò comodissima.»

«Non ho un pigiama per te ma posso darti una maglietta molto larga.»

«È perfetto.»

Mi cambiai mentre scompariva nel buio dopo avermi porto una maglietta bianca. Riapparve poco dopo, ritrovandomi già seduta sul divano. L'unica fonte di luce che ci consentiva di scorgerci a fatica era la fiamma di una candela, e il tabacco misto a erba che bruciava tra le sue labbra.

«Ne vuoi un po'?»

«Faccio due tiri.»

Mentre lui metteva al riparo le piante sul davanzale, io aspiravo goffe boccate di quello che presto per me si sarebbe trasformato in un sonno profondo, perché sapevo che l'erba mi faceva spesso un effetto soporifero. Ma non fu così, non subito.

Filippo appariva e spariva nel buio come se non riuscisse a star fermo, come se non volesse star fermo. Se si fosse fermato anche solo un istante a guardarmi, avrebbe dovuto fare i conti con la ragazza dalle gambe nude che dentro una maglietta XL, la sua, stava seduta sul divano di casa, sempre sua, tra numerosi cuscini, nella totale oscurità.

Non attesi che mi sedesse accanto, non lo desiderai nemmeno. Temevo potesse sfiorarmi, temevo potesse rubarmi più di quanto già mi avesse rubato, lo spazio nel mio specchio, il mio riflesso.

Anche quella canna mi stava rubando i riflessi, me li rallentò fino a che non decisi che potevo anche sdraiarmi e tirare su la coperta fino al mento, finalmente.

«Ti lascio qui un bicchiere d'acqua.»

Poggiò un bicchiere su uno sgabello di legno accanto al divano.

«Grazie.»

Chiusi gli occhi per non vederlo mentre voltava le spalle e raggiungeva la sua stanza nel buio. Chiusi gli occhi e non volli riaprirli mentre sentivo i suoi passi allontanarsi da me; oltre le palpebre serrate avvertivo il chiarore della candela, che da un momento all'altro avrei dimenticato insieme al divano, ai miei occhi e al resto del mio corpo tutto.

Smarrita nel disagio di una casa non mia, sognando il sonno, mi sentii bruciare il petto e temetti mi esplodesse il cuore quando, di soppiatto, le labbra di Filippo trovarono le mie.

Mi baciò con rabbia tenendomi la testa fra le mani,

come se volessi scappare, come se potessi scappare. Quando ebbi il coraggio di riappropriarmi del mio campo visivo, la distanza di un dito tra i nostri nasi ci aveva fatto riscoprire reali. Solo il suo lato destro era illuminato dalla candela a fianco del divano, tutto il resto era in ombra e oltre le nostre teste era il nero della pece.

Con quella luce avremmo potuto essere ovunque, all'inferno o in paradiso. Al buio nessuno commette peccato.

Se non si vede non esiste.

5

Mi parve di sognare. Credetti di aver chiuso gli occhi solo per un istante.

Dopo quel bacio, ricordo, ce ne furono altri, più delicati del primo, più spaventati. Poi, sono certa, chiusi gli occhi per una manciata di secondi, credo per colpa del vino, dell'erba e di quella decompressione che parve riguardare sia me che Filippo. Sembrò che in quel contatto ci stessimo liberando di qualcosa che non avevamo la forza di sostenere nella lontananza, nell'indifferenza.

"Tieni, riprenditi i mostri che hai creato in meno di due giorni, non li voglio. Prenditi questi baci e queste carezze, sconosciuto, io non posso portare con me il peso di questi desideri." Sembrava ci stessimo dicendo questo. Così, dopo aver chiuso gli occhi per un istante – sì, posso giurare sia davvero stato un istante, non più di qualche secondo –, quando li dischiusi tutto intorno si riappropriò di forma e colore.

Era il bianco a prevalere su ogni cosa. Le tende e le pareti erano bianche, alcune cornici erano bianche, la coperta e il cuscino erano bianchi, la maglietta che indossavo e le mie mutande erano bianche ed erano al loro posto, addosso a me.

Potevo giurare, mi si privi della vista se dico una menzogna, che un secondo prima Filippo aveva schiacciato, con il peso della rabbia, le sue labbra sulle mie, e i nostri contorni si erano persi, sfumati dalle ombre della notte, così nera che anche New York, oltre il bovindo che dava sulla Quinta, pareva non esistesse più.

Allungai il braccio sinistro verso la mia borsa per cercare il cellulare e tentare di ristabilire un ordine temporale evidentemente perduto con la magia di un solo batter d'occhi.

Il mio smartphone parlava chiaro, erano le 8.30 di un nuovo giorno. Secondo il mio giuramento avrei dovuto perdere la vista all'istante, ma per fortuna non sempre l'universo ascolta ciò che ci passa per la testa. Eppure, quando mi resi conto di ogni cosa intorno, avrei voluto ugualmente strapparmi gli occhi come santa Lucia e buttarli nell'indifferenziata.

Era innegabile, dopo la prova schiacciante dell'orario, che non era stato solo un momento quello che, a palpebre pesanti, mi aveva portato dal buio alla luce, dal nero al bianco, dalla notte al giorno.

Mi liberai dal peso caldo della coperta e mi misi seduta sul divano. Che bel parquet color miele, un po' usurato dal tempo ma lucido. Scricchiolò sotto i miei piedi appena tentai di muovermi in direzione delle cornici appese al muro di fronte a me. Avanzai con passo felpato per non rompere il silenzio di quella stanza, dove sembrava che Filippo non avesse mai messo piede.

Davanti al muro di ricordi rimasi senza fiato.

Sentii un dolore partire dalla nuca e attraversarmi dentro, fino al petto. Mi bruciava il cuore. Provai a deglutire a più non posso nel tentativo di spegnere quell'incendio: con l'addome spinsi verso il basso quella sensazione di incenerimento, per circoscriverla allo stomaco.

A consumare le uniche lacrime che mi rigarono il volto quel giorno non fu qualche bacio sparso sulla parete, ma la foto di famiglia. Filippo e la stessa bionda di due giorni prima, immortalati sorridenti ai lati di un bambino che somigliava a entrambi.

Adesso non saprei dire quanto tempo rimasi a bocca aperta davanti a quell'istantanea di velluto che, nel deglutire, mi attraversava le viscere come carta vetrata. La sensazione di estraneità, il mio corpo tra le mura calde di una famiglia che non aveva niente a che spartire con me, se non la disonestà della carne debole, flaccida direi. Una ladra in pieno giorno, in piedi nel salotto di casa di Filippo, tra le mani un bacio rubato e la malsana idea di condividere qualche grammo di amore.

Mi allontanai dallo spettacolo felice della sua vita per raggiungere il bagno.

Chiusi a chiave la porta e mi cercai allo specchio, oltre il volto deforme della mia delusione, per tenere a bada lo sconforto. Ma che ci facevo nel cesso di estranei, dentro alla maglietta di un estraneo, tra le paperelle da vasca di un bambino estraneo, gli asciugamani di mani estranee, il sapone consumato su ogni lato, arrotondato agli angoli da pelle di estranei?

"Estranea" era tutto quello che riuscivo a leggermi in fronte guardando il mio riflesso con quel peso al petto, che non mi avrebbe abbandonata chissà per quanto, e l'impeto di aprire la finestra e scappare dalle scale antincendio – che chiaramente non c'erano.

Cosa credevi di fare, Anita? Innamorarti di Filippo e fuggire dal tuo matrimonio per ricostruire la tua distruzione lontano da Roma, lontano dalle tue promesse di adulta rivelatesi sterili? Le tue promesse sono sterili, o peggio, insensate: come quella stretta di mano di ieri notte, in cui le tue orecchie hanno sentito le note basse di Filippo sussurrare un distorto: «Prometto di proteggerti».

Stupida sei. Difenditi. Esci da questo bagno e difenditi.

Arruffai i capelli in uno chignon sciatto, spremetti il tubetto di quel dentifricio estraneo sul dito e provai a spalmarlo sui denti per qualche secondo. Che ridicola ero, con l'indice in bocca davanti allo specchio, con addosso una maglietta non mia e tutta la tristezza del mondo.

Incastrata nella cornice del mio riflesso, una polaroid di Filippo che rideva. Forse rideva a lei mentre lo stava immortalando per sempre in quella felicità, ma in quel momento sembrava ridesse di me, delle mie illusioni, delle favole che mi ero raccontata, dei segni cosmici che erano esistiti solo dentro quella stanza disordinata che era la mia testa.

Sputai tutto dentro al lavandino, quasi fosse un conato di vomito, sfregai le labbra con acqua e sapone per cancellare il gusto amaro che mi aveva lasciato quel risveglio. Mi rivestii in fretta in salotto, misi anche la sciarpa e il cappotto e cercai di raggiungere la porta di casa senza fare rumore, per fuggire da Alcatraz il più in fretta possibile. Sembravo un condannato a morte che aveva solo voglia di vivere. "Difenditi!" mi gridavano tutte le altre. Rimisi in ordine i cuscini del divano, ripiegai la coperta e controllai di non dimenticare nulla, non volevo lasciare tracce di me. Non volevo rimanere lì, avrei cancellato il mio passaggio da quella stanza e dalla mia stanza.

Il parquet scricchiolò a tratti mentre attraversavo il salotto in punta di piedi fingendo leggerezza – gravata, invece, dal peso della vergogna. A testa bassa mi concentrai sulla mia uscita a piè sconfitto quando la voce di Filippo, come una mano invisibile, mi afferrò per la nuca immobilizzandomi.

«Ehi!»

«Ciao, credevo stessi dormendo e così...»

«Scappi?»

«Scappo?»

«Sì, senza le scarpe, velocemente verso la porta di casa...»

«No, figurati, è che non volevo svegliarti e stamattina ho un impegno.»

Era a piedi nudi davanti a me, con dei pantaloncini neri e una maglia bianca e mi guardava negli occhi, il corpo in bilico tra l'imbarazzo e la voglia di chiedermi: "Ti prego, non te ne andare".

«Segnati questo numero di telefono.»

Iniziai a rovistare in borsa alla ricerca del mio cellulare e, senza mai staccare gli occhi dallo schermo, ascoltai quei numeri, quella serie di numeri che prima o poi mi avrebbe riportata a lui, come delle molliche di pane a ricordarmi la strada.

Tutto desideravo, in quel momento, fuorché rivederlo. Mi ero ingarbugliata in quella matassa di sentimenti e sensazioni che non volevo più rivivere, volevo solo accantonarle in un angolino e dimenticare tutto.

Registrai il contatto, cercai ancora una volta i suoi occhi e poi di nuovo giù a terra, a scavare il parquet color miele, che verso la porta di casa mi parve scivoloso come il sapone.

La mia marcia silenziosa fu distratta dall'ultima camera prima delle scale e i miei occhi ci caddero dentro senza desiderarlo davvero: draghi, macchinine, costruzioni, pareti colorate, disegni di "noi tre" con i volti sgorbi di mamma e papà e una visione distorta di se stesso. La stanza felice di un bambino di sei o sette anni, con il quale avrei volentieri fatto cambio.

Aggiungevo zollette amare al mio mattino digiuno d'amore.

Mi voltai verso Filippo che mi seguiva in una bolla di imbarazzo, e gli sorrisi per alleggerirgli il compito di chiudere la porta. Non volevo pensasse che stavo precipitando nel dolore dell'errore, del pentimento, e non volevo mostrargli di quanta fragilità ero fatta. Sapevo stringere i denti e spingere il mio dispiacere dove nessuno poteva vederlo, e anche in quel caso riuscii a inventarmi una serenità nel volto da fare invidia a un clown. Che circolo vizioso quell'alter ego eroico, ma era per questo che l'avevo creato, per non farmi male, come un cuore antiproiettile, fatto su misura. Eravamo un esercito di me e avremmo trovato modi e tempi per difenderci; dovevamo essere noi a spintonare Filippo alla porta di servizio del mio cuore, non il contrario.

Lasciai la sua elegante dimora americana e non mi voltai mai, nemmeno per un secondo – ma gli scrissi un messaggio perché in fondo, oltre la corazza del guerriero, ero fatta anche di speranza, la speranza che lui mi potesse dare l'amore che mi mancava e che prima non credevo di desiderare né di meritare.

"Anita B." scrissi. Null'altro. Volevo dargli la possibilità di sciogliere quel nodo che mi si era creato dentro e di cui non capivo più il senso. Io sposata con i miei guai, lui sposato e riprodotto a sua immagine e somiglianza... quali migliori motivazioni avremmo potuto trovare per interrompere il nostro invisibile flusso amoroso, che diventava evidente tutte le volte in cui ci si perdeva occhi negli occhi?

Nulla, dopo quel giorno, avrebbe potuto riportarci in quel buio dove eravamo stati così a contatto, così vicini, così forti.

Nulla, se non il messaggio di Filippo, che arrivò senza farsi troppo attendere, nonostante non lo attendessi. Ero rassegnata a farlo cadere nell'oblio, sullo scaffale degli errori, anche se in fondo sentivo che nulla, per l'appunto, se non un suo messaggio, ci avrebbe potuti salvare.

La sua risposta recitava: "Anita Bella". Una risposta che riaprì la porta immaginaria della nostra casa immaginaria dove potevamo scambiarci un po' di felice vita immaginaria, ma non solo: quel messaggio riapriva tutte le finestre, il garage, faceva entrare il vento di marzo, le foglie color del fuoco, l'odore di hot-dog di New York e tutte, tutte le mie speranze.

Mi trovavo sopra al grattacielo più alto del mondo e tutto sembrava essere lontano, ma così lontano che il solo pensiero che potesse trovarmi bella – bella non come una che è bella dentro a uno specchio qualsiasi, ma bella dentro al *mio* specchio –, il fatto che vedesse bella la mia anima, mi portava ancora più in alto, e no, non avevo nessuna intenzione di scendere. Avrei potuto sopravvivere con quelle dieci lettere almeno per un po', i miei desideri si sarebbero nutriti di quello e ne sarebbero stati sazi.

All'improvviso, però, come quando meno te lo aspetti, come quando meno te lo meriti, precipitai in caduta libera da quel grattacielo, dall'altitudine della mia fantasia, dalle vertigini del mio cuore, scaraventandomi contro l'asfalto duro della realtà.

Tra i messaggi in arrivo ce n'era anche uno di Jacopo, crudelmente ignorato perché la responsabilità di affrontare le conseguenze delle mie scelte è sempre stata qualcosa da evitare, da aggirare come il peggiore degli ostacoli.

"Cerco di lavorare il più possibile per non pensare che non ci stiamo vivendo quanto vorrei. Cerco di lasciarti ritrovare i tuoi spazi e gli equilibri di cui hai bisogno."

Boom.

Di faccia a terra davanti alla comprensione di mio marito, dal quale mi ero allontanata non ricordavo come, non ricordavo perché, senza lasciare briciole di pane che mi riportassero sulla strada di casa. E sentivo, lo sentivo che mi cercava, che sussurrava il mio nome da qualche parte nell'altrove. Ma dove?

Afferrai il mio umore per le spalle, risollevandolo da terra per ristabilire un equilibrio tra gli estremi della mia anima, ora in pena ora in piena.

Bandiera bianca. Mi infilai in un taxi giallo in direzione Nomad, mentre New York mi mostrava un cielo così tetro che non saprei raccontarlo.

Certe cose possono saperle soltanto gli occhi.

6

Entrare nella 336 fu come visitare un campo di battaglia. A parte il bagno pulito e il letto rifatto, tutta la mia roba era sparsa sul pavimento dalla mattina precedente, quando ero stata assalita dalla foga di trovare qualcosa di bello da indossare per la mostra al MoMA.

Prima di iniziare l'articolo su Jodorowsky mi decisi a mettere ordine, per farlo in qualche modo anche dentro di me. Era la storia di sempre, quella di creare il caos e rimettere ordine al fine di stare bene. Non sapevo mai con esattezza, però, quando tra le due fasi si compisse il mio benessere.

Trascorsi l'intera mattinata e il pomeriggio intenta a concentrarmi sul lavoro. Una cosa dovevo fare in quel mio soggiorno newyorkese e invece, ancor prima di lasciare l'Italia, avevo già trovato una distrazione gigantesca. Ma non mi davo colpe per questo, non avevo scelto io di sedere a fianco di quel campo magnetico e di ritornare a lui come una calamita, senza forze per oppormi.

Scrissi poche righe sulla scia di un primo entusiasmo – in fondo non potevo dimenticare il mio amore smisurato per il soggetto dell'articolo – ma poi mi persi, ancora e ancora, perché il mio pensiero tornava a Filippo e si accartocciava su se stesso senza volerne uscire.

Adesso avevo il suo numero di telefono in rubrica. Avrei potuto risentire la sua voce, chiedergli di vederci altre volte, scrivergli dei messaggi per sapere come stava o semplicemente per dirgli come stavo io. Avremmo potuto raccontarci della notte prima oppure non parlarne mai più. Avrei potuto domandargli della moglie. Era sua moglie o si trattava di una compagna? Non che quel bacio tra di noi potesse avere un peso diverso con o senza un matrimonio tra loro, ma sognavo che almeno non le avesse detto: «Finché morte non ci separi». Perché io lo avevo fatto, e adesso mi andava solo di morire ma tant'è, ero viva, lo avevo sentito con Filippo che ero viva, e non avevo nessuna intenzione di colpevolizzarmi per aver desiderato quel calore umano.

Lui, lui non mi aveva mai chiesto della mia fede al dito, della mia vita a Roma. Ci eravamo limitati a descriverci, rimanendo sul confine della nostra esistenza, come si fa col cucchiaino dentro al barattolo di Nutella, fai un giro intorno al bordo per assaggiarne un po' ma non lo affondi nella crema in modo che il peccato di gola rimanga incompiuto. Balle! Mister Gambalunga aveva affondato un mestolo nel mio stomaco e ne aveva tolto via gran parte. Mi sentivo come sulle montagne russe, ma sempre e solo in quel tratto in cui iniziava la discesa ripida verso il punto più basso, come in un loop inarrestabile. Il sistema si era inceppato e faceva il rumore dei miei sospiri.

A ogni passo lento di lancette il mio occhio destro inciampava sullo schermo del telefono nella dichiarata speranza, mia e di tutte le mie mille me, che Filippo mi scrivesse.

E invece no. Il silenzio. A ripensarci, che me ne facevo di quelle dieci lettere ricevute al mattino? Stava davvero parlando di quanto fossi bella dentro, fuori e tutt'intorno, oppure si trattava di una risposta di cortesia dovuta ai sensi di colpa per quell'incontro che, a sua insaputa, ci vedeva coinvolti non in tre, bensì in quattro?

Ero piena di domande senza risposte. Nulla di nuovo sotto il sole, insomma, ma non volevo avere paura di mostrarmi fragile, e neppure volevo fare a gara di forza tra chi dei due avrebbe resistito più a lungo senza cercare l'altro. Ero troppo grande per fingere indifferenza e soprattutto preferivo sopportare il peso di un rifiuto a quello di un rimpianto.

Si fece sera in fretta e mi accorsi che avevo perso tutto il mio tempo cercando di domare qualsiasi slancio nei confronti di Filippo. Guardare Facebook o no? Cercarlo su Instagram o no? Vedere se era online su WhatsApp o no?

L'aspetto tecnologico di un innamoramento è nocivo più della nicotina, crea dipendenza, fa ammalare il cuore e impazzire il cervello. Non potevo permettermi di desiderare di seguirlo ovunque nell'etere, sarebbe diventato tutto più complicato. Dal ruolo dell'osservatrice esterna che scruta gli spostamenti dell'uomo che brama, si fa presto nella realtà a essere presa per una stalker. Ma io davvero non avevo nient'altro che la mia memoria per ricomporre il volto di Filippo, i suoi sorrisi, lo sguardo intenso. Non avevo nulla con me se non i ricordi di quei tre giorni trascorsi a rincorrerci e scontrarci, fino al momento di contatto più vicino, nel buio pesto riscaldato dalla fievole fiammella di una candela.

Mi decisi a cercare il suo nome su Instagram, consapevole che quello che avrei visto sarebbe potuto essere doloroso come una spada nel cuore – con la differenza che nel mio muscolo cardiaco era già stata tracciata quella stradina insanguinata che mi appesantiva l'umore. Cosa mai poteva esserci di peggio del felice ritratto di famiglia, mostrato con orgoglio nel salotto, in casa dell'uomo che mi aveva scopato la testa? Perché sì, di questo si trattava: aveva fatto l'amore con il mio cervello e questo, si sa, è molto peggio di tutto il resto.

Dopo quella cornice sulla quale avevo lasciato gli occhi poteva esserci qualcosa di peggio? Mi dissi di no e premetti invio sulla barra di ricerca. Primo della lista.

Entrai in punta di piedi in quel mondo di immagini che aveva scelto di mostrare a chiunque e che parlavano di lui, della sua vita. Quando avanzi nell'esistenza con la convinzione di aver toccato il fondo ma poi ti accorgi di avere la grande capacità di scavare meglio di una pala meccanica, preferisci il salto nella fossa alla risalita. È in momenti come questi che mi chiedo perché ogni essere umano non abbia un drone sulla testa a immortalare tutte le scene di questa vita di merda, perché la faccia che feci in quel momento avrei tanto voluto vederla.

Invece, sentii soltanto le mie guance cedere al richiamo della forza di gravità che adesso gridava: «Tutti giù per terra!». Giù per terra la mia mandibola, i miei denti tutti, staccatisi uno a uno, le orecchie che ora sentivano il nulla ancora più lontano e ovattato di prima, giù per terra i miei seni, giù per terra la mia schiena, destrutturata vertebra dopo vertebra, giù per terra le mie braccia molli e senza forza, giù per terra le mie ginocchia, giù per terra la stanza, l'hotel, Starbucks, l'Iron Palace, il ponte di Brooklyn, il MoMA, tutti i palazzi della Quinta strada ma anche quelli della Sesta e della Settima. Tutto giù. New York e il mio intero mondo rasi al suolo da una foto scattata da Filippo che ritraeva la donna bionda, bella e (ma che cazzo) forse pure simpatica, in piedi di fronte all'obiettivo contro il muro colorato di qualche palazzo non lontano dal Nomad, con sotto la diabetica (da me invidiatissima) didascalia "Fiona" e un cuore a fianco.

Fiona. Mi rimbalzò in testa quel nome, come un pallone contro l'asfalto, e rimasi a fissare i suoi capelli biondi per molto tempo. Quei fili d'oro le davano un'aria da Madonna e gli occhi azzurri dritti contro l'obiettivo le conferivano una sicurezza tale che sembrava mi stesse dicendo: «Puoi dargli tutti baci che vuoi, Filippo è mio». Filippo è tuo, sì, Fiona.

Filippo era suo, non solo per tutti gli anni trascorsi insieme (chissà quanti erano), non solo per il bambino fatto insieme, non solo per la casa a Manhattan e quella a Roma, non solo per tutto questo e chissà quanto altro. Filippo era suo perché la foto era stata pubblicata due ore prima, qualche ora dopo il nostro saluto.

Mi diressi verso il bagno per cercare conforto allo specchio e controllare che fuori fosse rimasto tutto al proprio posto – il naso, le labbra, gli occhi.

Lo sguardo inconsolabile che mi portavo dietro da quando ero stata sputata al mondo, con mia sorpresa, lo divenne ancora di più. La solita storia di toccare il fondo e scoprire che c'è sempre un pezzo da scavare.

Fu difficile, in quel momento, spegnere il fuoco del mio dolore e spingerlo giù per lo stomaco. Resistetti per qualche minuto alle lacrime, ma poi pensai che davanti ai quattro muri della mia stanza d'hotel non avevo da fingere nulla. Il fatto era che mi vergognavo terribilmente di aver pensato, anche solo per un istante, che potessi piacergli davvero.

Piansi davanti al mio riflesso con il dubbio che lo stessi facendo per lui, per la sua felicità in cui io non ero inclusa. Forse piangevo per me, per le ragazze che mi abitavano e che non avevano idea di che donne avrebbero voluto diventare. Per chi erano quelle lacrime? Per il mio orgoglio ferito dalla felicità di Filippo o per le mie mille me che, nonostante la folla, si sentivano sole e cercavano di aggrapparsi a un cuore che le facesse galleggiare nel mare aperto dei sentimenti come una boa in mezzo all'oceano? Non potevo soffermarmi troppo su quel pensiero, avrei dovuto scavare a fondo e io no, io volevo rimanere leggera come un palloncino, lì, in superficie, insieme alla boa.

Io, infelice all'interno di un patto matrimoniale con un uomo splendido dal quale non ricordavo come e perché mi ero allontanata; io che gridavo ai quattro venti che l'unica persona con la quale mi sarei vista invecchiare ero sempre io; io che esigevo indipendenza e solitudine e che al solo pensiero di una casa in cui dover tornare, affollata, chiassosa e piena di persone alle quali dare spiegazioni su di me e sulla mia vita, insomma al pensiero di una famiglia, di un nucleo che includesse altri oltre me, mi sentivo morire di claustrofobia, incastrata in un ascensore che non riesce più a scendere o salire. Conoscevo gli abissi e mi ero ripromessa di non tornarci, non me lo potevo permettere più. Quindi, scansato il mio masochismo per un soffio, non mi diedi il tempo di scorrere oltre la prima foto, probabilmente già esplicativa di tutto il profilo, e interruppi i contatti con ogni applicazione malefica.

Si fece sera e la mia penna era ancora a riposo. Nessuno spargimento di inchiostro a causa dei miei labirinti emotivi, il lavoro su Jodorowsky era ancora in mezzo a una strada e a quel punto al mio umore nero si aggiunse anche l'ansia di non finire in tempo un compito per il quale ero stata scelta – con tanto di raccomandazione, visto che Marta mi aveva confessato: «Sei l'unica a cui posso assegnare questo articolo».

Smisi di accartocciarmi in quelle preoccupazioni e mi precipitai in strada. Che vuoto cosmico portavo al petto, e quanto pesava, nonostante il nulla.

7

Mi cercò lui. Non gli avevo mai più scritto e non avevo alcuna intenzione di farlo, anzi, ero riuscita ad allontanarmi un bel pezzo dall'idea di desiderare di incontrarlo ancora. Ma molte cose hanno il tempismo della sigaretta accesa per ingannare l'attesa alla fermata del tram, non hai dato la seconda boccata che è già spuntato in lontananza e tu lo aspettavi da più di un quarto d'ora.

La solita fortuna, insomma.

Mi costò molto resistere a tutti i modi che avevo a disposizione per tornare a sfiorargli la vita. Per due giorni interi stetti in silenzio concentrandomi sulla stesura dell'articolo, tornando ancora al MoMA per approfondire quello che già sapevo e avevo visto. Feci delle lunghissime passeggiate, dello shopping a tratti compulsivo, bevvi litri e litri di soy chai latte e me ne stetti parecchio in disparte.

Ogni volta che la tentazione di cercare Filippo tornava a farmi compagnia la scacciavo ripetendomi un gigantesco: "NO". Lo scrissi pure sullo specchio del bagno, con un rossetto rosso di Chanel, ma ogni mattina, tornata dalla colazione, quando la donna delle pulizie entrava a rassettarmi la camera, puliva ogni cosa cancellando anche il mio importantissimo promemoria. La risposta restava forte e chiara dentro di me, ed era sempre la stessa: NO. No, perché lui era innamorato di Fiona, della sua famiglia e delle loro costruzioni solide, di quelle cornici felici. Io ero solo un errore, una debolezza, la sua forza di volontà messa alla prova in un momento in cui, probabilmente, il loro nucleo oscillava come un pendolo tra la stanchezza e l'entusiasmo. Ero solo capitata nell'istante di noia in cui il suo ego aveva bisogno di rimettersi in forma.

Ecco che il mio orgoglio riprendeva a funzionare: non avrei dato segni di cedimento. Quanto poco doveva valere quella notte trascorsa insieme perché lui finisse col ricordare a se stesso e a chi lo seguiva in rete che aveva una moglie bellissima di cui andare fiero? Niente, valeva tutto meno di niente, di certo meno di quanto valesse per me.

Poi un suo messaggio spostò nuovamente tutti i miei equilibri e le mie supposizioni.

"Dove sei?"

Avrei voluto ignorarlo. Che importava sapere dov'ero, fossi anche stata sotto casa sua, quanto senso aveva saperlo? Ero la sua dose di autostima? La soluzione a un momento di noia, forse.

Ma non riuscii a resistergli e risposi, anche se non meritavamo nessuna delle conseguenze che il tempo ci avrebbe potuto mostrare.

"Sono tornata da poco in hotel."

"Ceniamo insieme? C'è un ristorante italiano che fa delle polpette favolose."

"Sei vegetariano."

"Mangio le polpette di sole verdure."

"Che senso ha mangiare delle polpette di verdure?"

"Ho scelto di essere vegetariano, mi accontento di mangiare qualcosa che somigli alle polpette."

Pensai che per lui funzionava così anche l'amore. Non che da un momento all'altro dovesse iniziare ad abbuffarsi di un nuovo piatto preferito, ma... io ero quella polpetta di carne che lui non poteva mangiare perché aveva deciso di non mangiare animali. Aveva scelto di essere vegetariano e no, non poteva mangiarmi. Ecco, in quel momento mi sentii una polpetta al sugo: lui si accontentava di sapere che ero buona ma no, non mi avrebbe mangiata. Coglione.

Io ero diversa, non sapevo scegliere. O, perlomeno, avevo scelto il mio menù ma cambiavo spesso idea e non mi precludevo la possibilità di essere felice assaggiando la vita per come mi si mostrava.

"Dove sarebbe questo ristorante?"

Ci ritrovammo a bere ancora del vino rosso, io con un piatto di polpette vere e lui con un piatto di polpette finte. Alternavamo picchi di comunicazione fittissima a un silenzio imbarazzante ma non troppo, accompagnato da sguardi intensi che, dal lato suo, gridavano: "Vorrei ma non posso".

Che stronzo gigante. Avrei voluto prendere a schiaffi quell'espressione addolorata da: "Se solo ci fossimo incontrati prima...". Non ne avevamo davvero bisogno. Io, soprattutto, non avevo bisogno di sentirmi seconda a quella bionda delle foto.

«Tu e Fiona siete sposati?»

Il suo sguardo si fece duro come il cemento, la mandibola rigida come quella di chi ha la risposta ma non ha il coraggio di pronunciarla. Sapeva che la verità non avrebbe trovato uno spazio comodo tra noi due. Il silenzio durò pochi istanti, eppure sembrarono infiniti mentre sgranava inavvertitamente gli occhi e li buttava sulle sue polpette vegetariane, per poi prendere un lunghissimo respiro prima di rispondere. Sembrava che l'aria che gli riempiva i polmoni si potesse toccare, densa di paure. A denti stretti e con tono deciso, alla fine mi disse: «Sì».

Certo che sì. Immaginavo fosse un sì quel senso di tensione appeso al filo del nostro imbarazzo. Sebbene non portasse la fede al dito, tutto nella sua casa mi aveva raccontato di un matrimonio, ma volevo che fosse lui a dirmelo, volevo affrontare l'argomento, capire quali motivazioni ci avevano spinti fin lì. Io credevo di conoscere le mie, anche se non ne ero certa, però della sua vita non era ancora trapelato nulla e avevo bisogno di sapere per divincolarmi da quel groviglio di emozioni e interrogativi.

Tentai di non assumere nessuna espressione di disagio o di tristezza, anche se una parte di me avrebbe voluto spezzare l'atmosfera di quell'incontro che pareva ambientato dentro a un freezer. Due statue di ghiaccio davanti a delle polpette fumanti, se non ci fossimo sbrigati a riportare i toni della conversazione a una temperatura confortevole ci saremmo ritrovati ad annegare in noi stessi.

«Tu sei sposata?»

Ecco, avevamo deciso di salvare il ghiaccio e mantenere lo stesso clima del circolo polare artico.

Avevo molto poco da esitare e infatti non lo feci, la voce della mia fede era stata più forte della mia lingua già nei giorni precedenti. «Sì, sono sposata.»

Chiusi la frase con un respiro che in verità era una semplice boccata d'aria, per trovare il coraggio di continuare con una spiegazione abbozzata al momento che giustificasse la mia presenza davanti a lui e alle polpette, la mia presenza in casa sua, la mia presenza e basta.

Non lo feci, mi interruppi prima. Forse anche Filippo avrebbe voluto spiegarsi per uscire vivo da ogni genere di giudizio, ma nessuno dei due si spinse oltre i propri sì, quelli matrimoniali e quelli infedeli. Quando due persone giocano la stessa partita, spiegare i ruoli è superfluo.

Finimmo la nostra cena riportando il dialogo alla leggerezza che ci apparteneva, la leggerezza nella quale eravamo nati e a causa della quale eravamo nati.

Dopo camminammo per un bel pezzo, fino ad arrivare al Nomad, senza sentire il peso delle nostre gambe – di solito funziona così, quando ti piace qualcuno vorresti che la strada del ritorno, in verità, non finisse mai. Invece era finita, lì davanti all'entrata del mio hotel, ed era quasi finito il mio soggiorno newyorkese che adesso avrebbe lasciato a entrambi un velo di tristezza sugli occhi. Impalati l'uno davanti all'altra, eravamo indecisi se sorridere di quell'incontro assurdo, che ci aveva visti così tanto vicini senza toccarci mai, o piangere della gabbia in cui ci trovavamo – anche se non era la stessa, lui dietro alle sue sbarre e io dietro alle mie.

Storse le labbra strette che non sapevano quali parole usare, ma poi si fece coraggio e mi disse: «Ci salutiamo qui o ci salutiamo su?».

Ci sono momenti nella vita di ognuno di noi in cui le scelte che facciamo sono il prodotto di una somma di emozioni, alla quale sottraiamo il buonsenso, moltiplichiamo per l'egoismo e dividiamo in parti uguali per tutte le volte in cui il risultato finale è lo stesso ed è sbagliato.

«Ci salutiamo su.»

Ricordo ancora il rumore dei nostri passi, il mio sforzo nello spingere la massiccia porta d'entrata del Nomad con Filippo alle mie spalle per lasciare che facessi strada, prima verso l'ascensore, poi schiacciando il pulsante del terzo piano e ancora attraversando il corridoio di moquette color avorio in cui i passi felpati, tra le luci soffuse e giallastre delle applique, non lasciavano nessuna traccia nelle orecchie dei nostri sensi di colpa.

L'andatura lenta e fintamente serena di entrambi era accompagnata dal suono debole dei nostri respiri, presto tagliato in due dalla serratura elettronica della 336.

Accesi alcune luci e con un rapido sguardo mi accertai di non aver lasciato troppo disordine.

«Prego.»

Con la mano gli feci cenno di accomodarsi dove desiderava, poi mi affrettai a mettere della musica perché mi imbarazzava da morire quel silenzio dal quale non sapevamo svincolarci – o forse solo io non riuscivo, visto che lui un istante dopo mi afferrò per le braccia e mi baciò.

Mi baciò. Le labbra morbide e la lingua tiepida che cercava la mia, in quel contatto che qualche notte prima non mi era parso vero. Adesso tutto intorno era illuminato e riuscivo a rendermi conto di quanto fossimo reali, a luci accese, nella mia camera d'hotel. Restammo in piedi a baciarci a lungo, o così mi parve, un tempo lunghissimo in cui di tanto in tanto sbirciavo di nascosto Filippo, che con gli occhi chiusi era intento a rendermi felice, o forse infelice, questo non lo capii mai.

Ci abbracciavamo e ci baciavamo e maglione dopo camicia, jeans dopo gonna, reggiseno dopo boxer, ci ritrovammo sul mio king size a fare l'amore.

Fu la gioia stare incastrati così perfettamente l'uno dentro l'altra, come due onde sulla sabbia che raggiungono la riva e ritornano in mare in una danza felice, un movimento instancabile... ma presto mi resi conto che in quella felicità, o surrogato di felicità, o menzogna di felicità, sì, insomma, in quello stato di ebbrezza, ero da sola. Ero sola nell'amore mentre Filippo scopava, ero sola nella nudità mentre Filippo teneva addosso la maglietta. Rimasi sola dopo che lui ebbe l'orgasmo senza pensare al mio, e rimasi ancor più sola quando, dopo avermi stretto forte tra le sue braccia, si rivestì e chiuse la porta della 336 senza fare troppo rumore.

Appiccicai la fronte alla finestra che dava sulla strada e pochi minuti dopo lo vidi scivolare via nel buio, oltre le luci sempre accese di questa città che mostra la notte e le sue tenebre con una chiarezza disarmante. Rimase ben definita anche la persona di Filippo, che si allontanava di spalle strattonando un pezzo del mio cuore sull'asfalto.

Prima che si decidesse ad andare via, in verità, gli

avevo detto che se avesse voluto sarebbe potuto rimanere a dormire con me, ma lui aveva sussurrato uno strettissimo no e non avevo voluto insistere. Era stato troppo per il mio corpo, per il mio cuore, quella distanza cosmica nonostante le punte dei nostri nasi si sfiorassero. Era stato troppo per quell'incendio che mi scoppiava nel petto, al quale avevo dato il nome di orgoglio. Il mio orgoglio aveva bisogno di essere rispettato e, santo cielo, di certo non meritavo di elemosinare nulla, figurarsi le briciole d'amore, una notte di sogni insieme, il calore di un altro corpo sotto le coperte. Non meritavo di elemosinare nulla, ma come divenne grande il mio letto, quella notte, non so raccontarlo.

Non chiusi occhio durante le prime ore del nuovo giorno. Per riempire il vuoto della mia stanza, accesi la televisione e la feci parlare a oltranza. Forse si trattava di un film, forse di un programma di intrattenimento, non ricordo più, ricordo che mi importava non ascoltare il silenzio e quella solitudine che Filippo mi aveva lasciato dentro. Un taglio netto in superficie, niente che potesse sanguinare a lungo, sapevo bene che si sarebbe cicatrizzato in fretta; ma quella riga sul petto, sebbene non fosse amore, a leccarla portava il gusto di un'emozione forte, un risveglio, una rivoluzione, forse solo un segnale del mio corpo per dirmi che ero ancora viva.

La mia valigia era quasi pronta.

8

Non capii mai che cosa mi avesse lasciato quel contatto. A volte le persone riescono a toccarsi così tanto, a guardarsi dentro con delle lenti d'ingrandimento che lasciano vedere tutto quello che accumulano, con la cura dei collezionisti e il fetore delle discariche, montagne di spazzatura e librerie piene di storie incredibili da raccontare.

Erano stati delle lenti d'ingrandimento, i nostri occhi, nello spiarsi vicendevolmente? Ci eravamo visti più grandi e più belli di quanto non fossimo in realtà?

La solitudine ha il potere di distorcere ogni cosa, renderla miracolosa o inutile, si aggrappa a tutto ciò che sembra un accenno di compagnia: un soffio di vento caldo diventa un abbraccio, uno sguardo un'intesa perfetta. La solitudine supplica per avere un po' di considerazione, si nutre delle piccole cose e se le fa bastare.

Quanto dovevamo sentirci soli io e Filippo per attraversarci in quel modo, scambiarci il calore di due teneri amanti e poi ritornare a salutarci come due perfetti sconosciuti, come se dalla 336 quella notte fosse uscito non lui, ma il cameriere dopo il servizio in camera.

Che senso aveva avuto fare così tanto chiasso in così poco tempo per poi svanire in una notte senza dirsi né addio né arrivederci? Eravamo finiti così, sospesi come due calzini spaiati pinzati sul filo della vita da due mollette di legno marce, con il vento freddo che soffiava e non asciugava. Non si asciugava quell'umidità che si era aggrappata alle mie ossa e che adesso sedeva insieme a me sulla poltrona della mia amata business class, sul volo di ritorno.

Su che numeri stessi viaggiando e quale messaggio mi stesse mandando l'universo, non avevo davvero idea. Alle volte cerco delle connessioni che non esistono e provo a marcare i primi tratti di un disegno che non arriva mai, sembra non prendere mai forma. Forse dovrei allontanarmi un attimo per capire di che si tratta, dovrei prendere le dovute distanze come davanti al mio specchio, sognando che quel disegno non sia soltanto un cazzo gigante abbozzato con l'indice dal primo sconosciuto che passa e si annoia della mia polvere.

Che scarabocchio avevamo fatto, io e Filippo, per

salutarci come due vermi? In certi casi, più che pittori, gli esseri umani sembrano vandali in cerca di opere d'arte da distruggere nelle piazze delle loro esistenze. E quello sembravamo anche noi due, sulla via del ritorno verso Roma: due teppistelli che per pura noia si erano divertiti a guastare reperti storici.

Slacciai la cintura di sicurezza e andai a parlare con tutte le altre nello specchio della toilette dell'aereo.

«Io ti dimentico, Filippo, ti dimentico quanto è vero Dio. Ti dimentico perché so che non siamo stati reali nemmeno per un istante, ma eravamo frutto della mia fervida immaginazione, ti ho creato dentro di me nella forma che serviva a completare il puzzle delle mie mancanze. E non mi mancherai, non mi mancherà non capire nulla di te, non mi mancheranno le tue frasi vaghe, le tue stanze torbide, la tua vita felice dalla quale fuggi per cercare il brivido della novità, non mi mancherà vederti mangiare le polpette vegetariane, fumare l'erba ma sgridarmi perché fumo le sigarette, bere vino rosso sempre e non ubriacarti mai, che alla fine quella sbronza ero io, e non per l'alcol. Non mi mancherà il tuo sguardo spudorato e tutte le volte che, dopo avermi regalato una certezza, chiudevi le frasi con "forse". Il nulla non può mancarmi, e quello che mi resta di noi è una somma di niente che come risultato ha sempre zero.»

«Signora, tutto bene?»

Bussarono alla porta e vidi il volto dell'imbarazzo riflesso allo specchio – e no, non potevo fuggire da nessuna finestra.

«Sì, esco subito.»

Solo a quel punto realizzai. Avevo gridato ogni cosa.

9

Roma, casa dei miei sospiri. Atterrai in un mattino qualsiasi di una primavera qualsiasi e corsi verso l'autista che mi aspettava fuori dall'aeroporto di Fiumicino per accompagnarmi dritta a casa a fare pace con il mio jet-lag.

Non fu facile attraversare la città senza pensare di voler ripartire ancora e ancora. Ritornare a casa significava fare i conti con le cose che avevo lasciato in sospeso: il mio matrimonio a testa in giù sarebbe presto morto con il sangue al cervello, se non avessi trovato la forza di rimetterlo in piedi.

Non ero allenata a sostenere il peso di quel pensiero che gravava sul mio corpo magro, sulla mia mente stanca, sulla quale avevo infierito con l'amara conclusione di un incontro che ancora non sapevo spiegarmi. Avrei imbrattato l'Altare della Patria con la scritta FILIPPO MERDA, così di sicuro se ne sarebbe accorto, oppure avrei appeso un bello striscione fuori dal Colosseo, o avrei composto un mosaico di monetine sul fondo della fontana di Trevi a formare il mio insulto infantile. Lo avrebbe appreso dai giornali, dalle tv, sarebbe stata una notizia eclatante ascoltando la quale, finalmente, tutti si sarebbero fatti la domanda che mi stava torturando da ore: chi è Filippo?

Ero in preda ai miei deliri emotivi, l'orgoglio più bucato di uno scolapasta, e attraversavo la mia Roma antica, riflessa sul finestrino dell'auto, con le guance rigate dal pentimento. Non si regalano i diamanti agli sconosciuti, specie se questi ti offrono solo le caramelle.

Arrivai al 39 di via dei Pettinari e sentii l'odore di piscio della notte prima – qualche turista ubriaco, o forse un barbone incontinente. Il tanfo mi fece chiudere gli occhi, nel tentativo di oppormi al giramento di testa che mi pervase tutto a un tratto.

Attraversato l'androne, scorsi quello che non avrei mai voluto vedere: l'ascensore fuori servizio. Presi il mio bagaglio e guardai le scale, i numerosissimi gradini da salire uno a uno, stretti stretti fino al secondo piano. Avrei preferito ricomprarmi tutto, piuttosto che sollevare fino a casa il peso del mio narcisismo.

Mi armai di forza di volontà e riuscii a salvare le mie cose con movimenti da sollevatrice di pesi professionista. "Oh issa!" fino alla mia porta del cuore, quella che mi aveva vista crescere, uscire e rientrare di nascosto, quella che avevo sbattuto, chiuso con le chiavi appese dentro e allora chiama il fabbro, quella che aveva visto mio padre uscire per non tornare mai più, quella che aveva visto mia madre uscire per salvarsi dal dolore, per farsi aprire la porta di un'altra casa, di un nuovo uomo, che l'amava quasi come papà. Quella casa diventò mia e di Greta per tutti gli anni di fine liceo e università e, quando Greta si decise a farsi una vita tutta sua, la porta che la apriva divenne la porta di casa mia, poi mia e di Jacopo, poi ancora mia e molto poco di Jacopo.

Frugai in borsa con entrambe le mani, mentre con gli occhi stretti a fessura fissavo un punto a caso dello spazio sopra di me, manco dovessi pescare i numeri del lotto, o le lettere dal sacchetto bordeaux di Scarabeo. Quando finalmente riuscii a entrare, nell'appartamento mi investì il silenzio. Immobile l'aria, scandita dal ticchettio dell'orologio del living e interrotta a tratti dal rumore lontano del frigorifero. Il resto era fermo e al posto in cui l'avevo lasciato.

Ogni mio passo ruppe il riposo di quelle stanze e le pareti ripresero a parlarmi. «Sono a casa» dissi al mio muro di specchi, poi uno di loro mi mostrò il riflesso di un vaso di fiori gialli sul tavolo della cucina.

Le margherite stavano lì da uno, forse due giorni, e tra loro si faceva spazio qualche tulipano color arancio. Un bigliettino mi raccomandava di avere cura di me e mi ricordava di amarmi.

Che bella grafia aveva Jacopo. Scriveva con uno stampatello disordinato ma incredibilmente armonioso e faceva dei cuori divertenti, stretti e lunghi, come se dovesse farli entrare dentro a un tubo che li conducesse a me. Sorrisi davanti alle parole di mio marito, ma improvvisamente il senso di colpa per quell'amore che in fondo non ricambiavo come volevo, non ricambiavo più, mi si scaraventò addosso come una secchiata d'acqua gelida. A quel punto non ci fu modo di tornare a sorridere davanti a quel vaso.

Jacopo era partito per trascorrere un po' di tempo con la sua famiglia nella casa di Firenze, e prima di chiudere la porta si era curato di lasciarmi dei fiori per farmi sorridere al mio rientro. E invece no, io quell'amore non sapevo meritarlo, non sapevo accettarlo, e quelle margherite divennero steli di spine per sterili me.

Mi allontanai dai cattivi pensieri e presi a fare delle lavatrici, come se lavare i miei vestiti, le mie mutande, i reggiseni e i calzini potesse ripulire il mio matrimonio là dove l'avevo sporcato con i pensieri su Filippo, gli abbracci, le carezze e il sesso che volevo assolutamente dimenticare. Sessanta gradi con centrifuga sarebbero andati bene.

Avviai il programma e mi allontanai dal rumore che fa il cestello quando inizia a riempirsi d'acqua e poi gira sempre più forte, fino quasi a gridare. Speravo non dovessero essere quelle, le fasi da affrontare per poter ripulire la mia vita.

Dopo una doccia bollente raggiunsi l'ufficio per parlare con Marta del lavoro su Jodorowsky, ma soprattutto per riabbracciare l'amica che stava tentando in tutti i modi di salvarmi dalla mia scivolosissima discesa verso il basso. Quando non bastavano le cene a lume di candela in cui trascorrevamo un tempo indefinito a parlare di quanto fosse ingarbugliata la mia testa, Marta mi trovava qualche lavoro fuori dall'Italia con l'obiettivo di farmi distrarre. Peccato che quest'ultimo tentativo si fosse rivelato un fallimento, considerato il bassissimo livello di entusiasmo con il quale avevo rimesso piede in città.

«È sposato?»

«È sposato.»

«Ma perché vi sposate se poi non riuscite a stare insieme nemmeno con la colla?»

«È l'amore!»

«No, vi sposate per colpa dell'ossitocina... l'amore è quello che resta quando l'ossitocina non c'è più!»

«Sei troppo scientifica!»

«Anita, amica mia... va bene tutto, va bene il sesso, va bene la sbandata, va bene la caduta, ma non farti investire da questa cosa.»

«Ma figurati, sto benone... sto facendo solo tanta confusione.»

«Come si chiama?»

«Filippo.»

«Che fa?»

«Il fotografo.»

«Fanno tutti i fotografi, ci fosse qualcuno che fa il panettiere!»

«Mi è venuta fame.»

«Andiamo a pranzo.»

Pranzammo nel dehor di un locale sotto l'ufficio, sul lato destro del Tevere, con gli occhi persi nello spettacolo di fine marzo, quando Roma esplode di rosa e d'azzurro, il mondo si ferma a guardarla e lo stupore diventa un'impressione ordinaria, una condizione necessaria nella città più bella del mondo.

Negli occhi di Marta, invece, intravedevo il dispiacere per quel modo che avevo di sopportare l'infelicità travestendola di noia e solitudine, aggrappandomi al primo pensiero che potesse distogliere la mia attenzione dalla responsabilità che avrei dovuto affrontare: Jacopo.

«Devi provare a fermarti per riflettere davvero.»

Fermarmi. Riflettere. Non contemplavo nessuna delle due azioni. Fermarmi significava lasciare che il tempo consumasse la mia esistenza con la velocità con cui una fiammella annerisce un cerino. Riflettere voleva dire tornare a vedere quel blu abissale che avevo conosciuto troppo presto, toccando i fondali del dolore con la costante sensazione di vivere sott'acqua, in apnea. E sapevo fin troppo bene che le lacrime, immerse nel liquido in cui si annega, non sono niente. Non si distingue una lacrima nel mare.

Io non volevo riflettere, volevo dimenticare. La vita mi aveva scritto sul braccio un numero, quel 2661996, che era per me il contatto più vicino al cielo, le cifre da comporre ora per una preghiera, ora per un grido d'aiuto, una chiamata che restava senza risposta anche se la linea era sempre libera. Ma più spesso mi veniva da pensare che quel numero fosse un indirizzo, quello in cui abitava il mio cuore, e che chiunque avesse provato a raggiungerlo vi avrebbe trovato soltanto una casa senza infissi dopo la distruzione.

2661996. Che caldo faceva quel giorno, un caldo da togliere il respiro, al punto che veniva da chiedersi: "Cosa c'è di peggio?". Mi mandarono a giocare a casa di un'amica perché non rimanessi a guardare il triste spettacolo della vita che appassisce e chiude il sipario, dietro ai tendoni di velluto rosso il nulla e agli spettatori il dovere di abbandonare il teatro per riversarsi in strada e camminare oltre. In un cortile assolato non troppo distante da via dei Pettinari, sull'asfalto disegnai con dei gessetti colorati nove caselle, con dentro i numeri dall'uno al nove. Giocavamo a saltarci dentro, una volta io, una volta Angela, la mia amica. Ricordo ancora la sensazione dei piedi che aderiscono al cemento dopo i salti decisi, per non uscire fuori dai limiti segnati. Ricordo le mie ginocchia bambine attutire il colpo dell'atterraggio. Rivedo la lentezza attorno a me, il cortile semideserto e l'aria immobile, i nostri schiamazzi.

Poi una Cinquecento blu notte taglia il pomeriggio e interrompe il gioco alla velocità della luce.

Lo vedo, vedo il mio ultimo sorriso da bambina dipinto come olio su tela ancora fresco, sul quale la mano divina strofina le dita per storpiarne la forma.

Dalla macchina minuscola uscì il papà di Angela, che faceva una tale fatica a non piangere, la stessa che avrei imparato a fare io pochi istanti dopo, e mi disse: «Papà non c'è più».

Ora, se chiudo gli occhi, ricordo con una chiarezza sconcertante il suono del dolore che mi fece gridare un «No!» lungo come la notte più buia. Non era la mia voce di bimba, quella la persi nell'udire di un padre che non avevo più. Non era l'infanzia spezzata, di cui dimenticai in fretta il significato. Era il grido della vita che mi obbligava a crescere.

«Papà ha detto di dirti che ti vuole bene e che non devi piangere.»

Non dovevo piangere.

«Anita, non devi piangere, papà dice che non devi piangere.» Allora, per la prima volta, feci quello che, forse, anche quell'ambasciatore con la pena nel cuore si era impegnato a fare scendendo dalla Cinquecento blu: raccolsi il mio dolore e lo spinsi, con tutta la forza che avevo, giù fino allo stomaco, ché sul petto mi mancava l'aria e di respirare avevo bisogno.

Salimmo in macchina e Angela mi si sistemò accanto, sui sedili di pelle marrone chiaro, con gli occhi spaventati e bagnati dalle lacrime, mentre io no, io non dovevo piangere e mi tenevo stretta la pancia col terrore che quel dolore potesse esplodere da un momento all'altro facendoci saltare in aria come il tritolo.

In via dei Pettinari, fuori dal civico 39, si accalcava una folla silenziosa in attesa di fare un saluto a mio padre. Perché? Perché tutta quella gente era già lì e io avevo appreso la notizia soltanto pochi minuti prima? Umberto Becci era morto e il quartiere già sapeva, i colleghi già sapevano, gli amici erano già pronti a salutarlo. Tenni la testa bassa per la vergogna – onestamente non saprei dire perché, ma provavo tantissima vergogna, credo per il mio dolore sbattuto in faccia ai presenti.

«Poverina» diceva qualcuno. «Quella è Anita, la piccola di Umberto» aggiungeva qualcun altro.

Le spalle curve, le braccia conserte a tenermi stretta e poi il buio delle scale. Che cosa sono quelle sbarre color oro con la cordicella rossa, chi sono queste persone che mi toccano il viso per farmi una carezza e invece mi fanno male? "Giù le mani, signora!" Entrai nel corridoio di casa affollato di volti familiari, volti sconosciuti, maschere, e con incertezza mi diressi verso camera di mamma e papà.

“Perché piangi, mamma? Non piangere, mamma.” Mia sorella Greta seduta su una sedia accanto a mia madre, gli occhi stanchi di lacrime, il senso di colpa per avermi dovuto mostrare tutto all’improvviso, la malattia e la morte, tutte insieme e nel tempo di un salto. Io stavo saltando su quei numeri e, quando mi ero girata per ripercorrere le caselle al contrario e finire il gioco, il cortile non c’era più, il sole non c’era più, il caldo non c’era più, quella bambina non c’era più. Quando mi voltai mi ritrovai nella stanza da letto dei miei genitori, con mia madre in lacrime e mio padre vestito a festa, con il completo della domenica, steso sul letto con le mani unite sul ventre, il corpo rigido e gli occhi chiusi, per sempre.

Mi avvicinai incredula al corpo esanime di mio padre, già pronto per andare via, come quando torni a casa e trovi i bagagli di una persona che ami che sta per partire e non ne sapevi nulla. “Dove te ne vai, papà?” Tirai su il velo trasparente che gli ricopriva il corpo e lo vidi, pallido e serio, gli occhi non del tutto chiusi che mi facevano sognare che, forse, avrebbe potuto sentirmi ancora. No Anita, è morto ore fa.

Avvicinai le mie labbra rosse di vita e gli baciai la fronte gelida. Che freddo quel giugno, come si fece fredda quell’estate all’improvviso.

Guardai ancora la disperazione negli occhi di mia madre, così giovane dentro quel dolore, così sola dentro quel grembiule da casa, il volto senza trucco e i capelli raccolti in uno chignon disordinato. Aveva il viso di una bambina piccola, piccolissima. Di quanta paura l'aveva vestita la vita quel giorno, e quanta forza dovette trovare dentro di sé per non dirmelo nonostante la sua espressione mi chiedesse: "E adesso cosa facciamo?".

Corsi in bagno e mi chiusi a chiave sognando di far sparire tutto e tutti, mi guardai allo specchio e vidi un'altra me, una me più grande, più grande di mamma e più grande di Greta, alla quale giurai che mai, mai ci saremmo dimenticate di lui.

«Anita... ANITA!»

Dischiusi gli occhi, mi colò il trucco sulle guance, lo vidi nel riflesso della vetrina del dehor.

Marta mi fissava sconvolta, avrò di certo avuto uno sguardo affranto. Ero tornata indietro di vent'anni, le mie solite capriole temporali per riportarmi in quella stanza, su quelle scale, dentro quel blu.

«Perdonami, mi sono persa per un istante.»

«Sono trascorsi quasi dieci minuti, tenevi lo sguardo fisso contro il vetro, piangendo.»

«Piangevo?»

«Sì.»

«Finalmente.»

10

Durante il rito del matrimonio arriva un momento in cui il prete chiede agli sposi di stringersi la mano come segno solenne di promessa. I due amanti suggellano un patto, un accordo.

Ho un ricordo nitido del momento in cui io e Jacopo ci guardammo negli occhi stringendoci la mano, forte. Per me fu importante più di ogni altra parola: la mano, i palmi che si uniscono, la carne che giura valgono molto di più di una firma sul registro di una chiesa qualsiasi, di un paese qualsiasi, di uno stato qualsiasi.

In quel momento in cui sembravo non riuscire ad andare a tempo, mentre mio marito, tornato da Firenze, se ne stava in studio a lavorare alle sue illustrazioni per delle consegne urgenti, io, accovacciata sul divano, mi fissavo la mano destra con la forte tentazione di strapparla via, separarmene per sempre. Non meritavo di tenerla ancora attaccata al polso.

Non sapevo come fosse accaduto, non sapevo l'esatto motivo per il quale adesso ci trovavamo a chilometri di distanza nonostante fossimo tanto vicini. Era forse stata colpa mia, con quella stupida dichiarazione di non volere figli? Non so perché mi ero sentita di dirgli una cosa del genere, credo fu la paura a parlare per me, il mio desiderio di rimanere ancorata alla ragazza indipendente che avevo sempre desiderato essere, senza che un ciuccio mi rovinasse sogni e progetti.

Quell'asserzione perentoria, come se io sapessi disporre dell'evoluzione della mia vita, doveva avergli rubato l'entusiasmo e, credo, anche la felicità. Jacopo aveva un'idea ben diversa di noi: indipendenti e in carriera, sì, ma con un nucleo familiare più ampio, con pappette e culle. Perché decisi di ferirlo non l'ho mai capito.

Volevo e valevo molto di più di una semplice compagnia in casa, ma forse quella dichiarazione aveva spento qualcosa. Adesso speravo che l'uomo brillante che avevo sposato tornasse a illuminarmi ancora. Non avvenne. Ci incastrammo nel nostro orgoglio, ritrovandoci a tacere i malumori sebbene l'aria in casa si tagliasse con il coltello, e neanche troppo affilato.

Pensai che, se la nostra intera vita doveva essere così, allora avrei preferito morire – non volevo vedermi sfiorire dentro una coppia di giovani già vecchi. Era da troppo tempo che scaldavamo il nostro letto matrimoniale con il solo calore del sonno, magari stretti in un abbraccio, ma se avessimo avuto dei cuscini a sostituirci sarebbe stato uguale, perché nessuno dei due osava sfilarsi l'intimo per provare ancora il brivido di ritrovarsi l'uno dentro l'altra. Ci rimanevano i brividi di freddo e li affrontavamo con degli abbracci stretti, tutte le notti, per troppe notti. Il momento del sonno era intriso di imbarazzo, perché nell'aria aleggiava la consapevolezza che due come noi, che si erano sbattuti contro i muri, le lavatrici e le docce, per riempire l'assenza del rumore dell'amore adesso accendevano la tv a basso volume – che forse era meglio se ci si addormentava e basta.

Una di quelle sere a basso volume, per l'appunto, lo guardai nel buio della stanza, illuminata dalla sola luce fioca del televisore che rifletteva scene d'azione sulle nostre facce. Spinta da una rabbia annoiata che non credevo avrei mai provato in vita mia, certo non nei suoi confronti, gli dissi che ero infelice.

«Sono infelice.»

«Anche io.»

Bene. Eravamo duc amanti infelici che non trovavano una via d'uscita dal labirinto della propria tristezza. O forse, semplicemente, speravamo che il tempo buttasse giù i muri di pianto e di silenzio che ci stavano separando, per tornare a costruire insieme, in orizzontale.

Ma il tempo va aiutato, il tempo è solo una distesa di terra sulla quale scegliere se passeggiare, correre, dormire, riposare, prendere il sole o ripararsi all'ombra. Il tempo è solo una possibilità, tutto il resto è nelle nostre mani, proprio come la felicità: un lavoro, giorno dopo giorno.

Eravamo pigri e non avevamo il pollice verde, nessuna pianta avremmo saputo far nascere con quella debolezza; e il nostro campo arido, sul quale non pioveva da diverse stagioni, sarebbe rimasto incolto, abbandonato, selvaggio, ignorante – perché ignorava l'amore.

Passarono i giorni che divennero settimane e nella mia testa si insinuò la proiezione di una me cinquantenne, seduta su una poltrona all'interno di una stanza verde salvia – non saprei dire perché verde salvia –, a ogni modo questa me già grande era sola e dipingeva piccole tele con colori a olio. Era una me serena, con le rughe del tempo a segnare gli anni come gli anelli degli alberi, e non aveva paura di amare se stessa senza che qualcuno le raccontasse di quanto valeva, di quanto era bella. Quel sogno a occhi aperti di felicità mi chiamava come le sirene chiamavano Ulisse legato all'albero maestro, con la grande differenza che io non ero legata a nulla e nessuno mi teneva stretta affinché non corressi incontro a quel futuro così prossimo.

Iniziò con questo pensiero la mia Odissea infinita, infernale: in quel momento compresi che avrei preferito la solitudine alla lotta continua che richiedeva portare a termine una giornata, tutti i giorni, senza litigi o spargimenti di lacrime. Così decisi di sottrarmi a ogni momento di condivisione e di sfuggire agli impegni di coppia, come il ritrovo con i suoceri o i pranzi con la mia famiglia. Alle volte mi impegnavo a vederci più uniti di quanto in verità non fossimo, perché ciò che ci teneva ancora vicini non era l'amore ma il desiderio di ritrovarlo, un desiderio precario con un contratto a tempo determinato, anzi no, un desiderio in nero. Domani non vieni e non ti paghiamo nemmeno i contributi.

Licenziammo i nostri desideri di coppia, o almeno io lo feci, e presi a costruirmi un sentiero tutto mio dove poter passeggiare senza il peso dei nostri malumori. A onor del vero, va detto che Jacopo non smise mai di preoccuparsi per me e, anzi, fece spazio a tutte le altre me che occupavano il mio cuore, pur di vedermi felice.

Una sera gli chiesi di accompagnarmi al party che Marta aveva organizzato per festeggiare il compleanno del giornale. Era invitato anche lui, ovviamente, ma disse che doveva lavorare e mi liquidò con un sorriso dolce e un sommesso: «Divertitevi, salutami Marta».

Chiamai un taxi e presi l'ascensore per controllare se andassi bene anche nell'ultimo specchio di casa. Ero bella, elegante, ben truccata. Ero bella e giovane, ma mio marito non lo vedeva, e se lo vedeva non me lo diceva, e se me lo diceva non lo faceva nel modo giusto, nel modo in cui avrei desiderato. Jacopo non mi baciava mai, non ricordavo quando fosse stata l'ultima volta in cui mi aveva afferrato la nuca per baciarmi con tutta la forza che avevano le sue labbra.

Iniziai a pensare che forse per lui non ero più attraente come quando ci eravamo incontrati, anni prima, durante la première del film di Virzì, *La prima cosa bella*, al The Space in piazza della Repubblica. Ero stata invitata insieme ad altri amici giornalisti e in mezzo al marasma c'era pure lui. Quando finì la proiezione, io avevo consumato tutte le mie lacrime e avevo i palmi delle mani infiammati dal vigore degli applausi. Cercai un'uscita di sicurezza per fuggire ai convenevoli, che spesso preferivo risparmiarmi in situazioni come quelle, in cui ci sono più maschere che al carnevale di Venezia.

Fuori di lì, sotto ai portici, chiesi da accendere a un uomo di spalle, con uno stile che nemmeno James Dean a trent'anni. Era Jacopo. Bellissimo. Il volto pulito, lo sguardo seducente e il sorriso più radioso che i miei occhi avessero mai visto. Mi presentai perché ebbi la sensazione che entrambi stessimo scappando dallo stesso luogo in cui avveniva la gara alla notorietà e, presa dall'entusiasmo del film, iniziai a disquisire su quanto fosse brava e bella Micaela Ramazzotti – al punto che, ne sono quasi certa, sospettò che fossi lesbica. Sì, a volte esagero. Quella stessa sera andammo a cena insieme, facendo perdere le nostre tracce con un elegantissimo saluto all'inglese, entrambi presi dalla piacevole conversazione che ci portò a consumare un calice di vino e un risotto, non ricordo più dove.

Un fiorentino a Roma aveva fatto breccia nel mio cuore. E lo aveva fatto a tal punto che pochi anni dopo ci ritrovammo a festeggiare il nostro matrimonio sui colli della capitale, complice quel ritornello che ci rimase in testa a lungo: "La prima cosa bella che ho avuto dalla vita è il tuo sorriso giovane, sei tu".

Anche la sera della festa canticchiavo tra me. Quando si aprirono le porte dell'ascensore, il vicino del quarto piano mi sorprese a farlo davanti allo specchio, tutta in ghingheri. Evidentemente ero rimasta dentro troppo tempo, e a causa di una chiamata avevo attraversato il palazzo su, fino al quarto piano, senza accorgermene. Del resto, non era certo la prima volta che mi beccavano a parlare davanti al mio riflesso.

«Buonasera.»

«Buonasera.»

L'imbarazzo dell'ascensore non ha prezzo, specie dopo l'ennesima figura che confermava agli inquilini del palazzo che sì, ero in grado di staccarmi dalla realtà e viverne un'altra, parallela ma adiacente. Scollata ma non troppo.

Chiamai un altro taxi, perché il mio aveva smesso di aspettarmi.

11

Non sono una ritardataria, non ho mai avuto fama di esserlo perché agli appuntamenti non amo far aspettare. Alle feste, poi, come quella che aveva organizzato Marta, arrivare in ritardo significa avere gli occhi puntati addosso, manco sfilassi sul red carpet con i flash in faccia, una cosa che non mi piace per niente.

Quella sera, però, tra ascensore e taxi proprio non riuscii ad arrivare in tempo. Quando raggiunsi la villa dove si teneva il party, su al Gianicolo, iniziai ad aggirarmi tra la folla lentamente, come un'anima in pena dentro al mio lungo abito color cipria, senza disinvoltura, in cerca di un bicchiere di rosso, anzitutto, e poi di un volto amico.

Nella confusione qualcuno mi afferrò il braccio: era Marta, venuta a salvarmi.

«Be'? Ti sembra l'ora di arrivare?!»

«Scusami, ho perso il primo taxi e poi...»

«E poi sarà come morire. Vieni, siamo in quell'angolo lì insieme a un po' di amici.»

Ecco, sarebbe presto partita la tiritera di argomenti sterili: l'editoria in crisi, gli articoli insulsi, hai visto quella copertina è identica a una nostra di un anno fa, e tutto il resto.

Mi presentai ad alcuni, altri li conoscevo già, qualcuno, ovviamente, mi chiese di Jacopo.

«Jacopo è a casa, ha una scadenza importante e così...» E così niente, ero arrivata alla festa degli stronzi con la mia fede all'anulare sinistro e avevo preso a parlare con in mano un bicchiere di rosso a farmi da schermo – "il bianco mi fa male perché sono allergica a polveri e muffe e, sai, i solfiti potrebbero farmi smettere di respirare", anche se avevo già tanti motivi per andare in ipoventilazione.

In situazioni imbarazzanti come quella, posto che per me non c'è niente al mondo che non sia imbarazzante o grottesco, le soluzioni al *mal de vivre* sono due: indossare la maschera o non farlo. Bisogna solo sapere quando poter peccare di ingenuità e con chi – magari una persona sensibile che già si conosce, o qualcuno che a sua volta si lascia andare a uno sfogo sincero. Per il resto, nessuno mai ti racconterà come sta davvero, né sarà minimamente interessato a sapere come stai tu, davvero. Quindi indossai il mio sorriso migliore, che comunque era pessimo, e mi feci spazio nella giungla dei selfie di comitiva e dei "ti parlo ma guardo altrove". Mi urtava il sistema nervoso sforzarmi di discutere di stronzate, ma era ancora peggio se mi impegnavo nel farlo e poi beccavo l'interlocutore che scrutava in mezzo alla ressa per capire se mancava ancora qualcun altro da salutare. Ci sono sempre, in queste occasioni mondane, personaggi così: quelli che non ti guardano negli occhi e mentre tu – rispondendo a una loro domanda (sai che me ne frega di parlarti dei miei articoli) – gli racconti del tuo ultimo lavoro, il viaggio a New York, Jodorowsky, la numerologia e tutti i santi del cielo, li vedi sorridere mentre annuiscono. Solo che non stanno guardando te, ma qualcuno dietro di te, salutando con un: «Ciao, caro», che tanto non si ricordano nemmeno il nome del cristo che li ha distratti. Quella sera non fece eccezione, e mi ritrovai, come previsto, immersa in conversazioni di cui a nessuno fregava nulla. Alla fine anche io distolsi lo sguardo per cercare Marta, ma mentre osservavo la folla di persone molto importanti, dirigenti, editori e Rolex, scorsi i capelli lucenti e dorati di... Fiona.

Incredula, con il cuore che mi pulsava in gola, cercai Filippo al suo fianco e lo trovai. Non volevo guardare ma stavo guardando, "se non ti vedo non esisti" mi dicevano le altre, ma io continuavo a sbirciare con delle occhiate fugaci, non sapendo se fosse meglio nascondermi oppure mostrarmi, salutare e fingere che tra noi non ci fosse mai stato nulla.

Lei lo afferrò per il bavero della camicia nera e lo baciò, lo baciò come sognavo che Jacopo mi baciasse. Io rimasi in mezzo alla ressa, pregando di mimetizzarmi, poi mi sollevai sulle punte per cercare Marta, la vidi e la raggiunsi.

Rilassai i muscoli facciali per mascherare il mio sgomento e, parlando come un ventriloquo, le dissi: «Vieni. Subito. Con. Me».

Lei sapeva che quando assumevo quel tono non bisognava controbattere, ma solo accontentarmi. Aveva intuito che la tensione era altissima, e per scoprirne il motivo mi trascinò in bagno.

«Hai invitato Filippo?» le chiesi a denti stretti.

«Filippo chi?»

«Marta... Filippo. New York.»

Spalancò gli occhi. Come faceva a farli diventare così grandi? Doveva essere senza dubbio davvero tanto sconvolta. Eravamo nel bagno delle donne, una di fronte all'altra, io con un'ansia tale che avrei potuto avviare un business sull'energia dell'ansia, lei con uno sbigottimento che le faceva muovere la testa a destra e a manca, che a guardarla sembrava di assistere a una partita di tennis. Aprì la bocca e diede fin troppo fiato all'unica frase che avrebbe dovuto tenersi dentro per l'eternità: «TI SEI SCOPATA FILIPPO MARTINI?!».

«Possiamo abbassare la voce?»

«Scusami.»

«Sì, è lui, ed è lì fuori con la moglie.»

«Fiona è la nuova *cool hunter* nella sezione moda sul web.»

«Come hai detto?»

«Non importa. Anita, usciamo da qui e andiamo a goderci la festa. Non vi incontrerete nemmeno, in tutta questa massa di persone.»

Mi lasciai convincere e, mentre chiudevo la porta del bagno delle donne, da quello degli uomini uscì Filippo.

Le parole sono importanti. Certe cose vanno dette a bassa, bassissima voce, perché l'universo le ascolta e gioca a prenderti in giro.

Eravamo nell'anticamera del bagno, in mezzo a lavandini e specchi. Marta scomparsa alla velocità della luce e io e Filippo che ci guardavamo pietrificati dall'imbarazzo. No, in realtà l'imbarazzo era sempre il mio: Filippo aveva la faccia di uno che, aprendo la porta del cesso, si era ritrovato in una dimensione parallela dove casualmente c'ero anche io.

«Che ci fai qui?»

«Me lo chiedo da molto.»

Continuò a fissarmi come aveva sempre fatto, dalla prima volta in cui avevo incrociato il suo sguardo: un innamorato dietro le sbarre. Nonostante Fiona, nonostante i loro baci in mezzo alla gente, nonostante le fotografie della loro felicità sbattuta in faccia alla rete, lui continuava a guardarmi come non sapeva guardare i fili d'oro di sua moglie, perché si vedeva lontano un miglio che in realtà avrebbe voluto accarezzare l'oro nero dei miei capelli.

Aveva ragione Marta, avremmo potuto non incontrarci mai in mezzo a quella folla. Così aprii la porta e sparii nel nero. Questa volta fu lui a guardare le mie spalle: non mi voltai un secondo, non mi voltai mai e velocemente, ma con grazia, mi feci spazio tra gomiti e schiene fino a raggiungere il balcone che si affacciava su una Roma notturna illuminata, meno bella di com'era alla luce del sole.

Provai a cercare il senso di quell'ennesimo incontro, perdendo la vista tra i giardini del Pincio e il Colosseo della mia città eterna, eterna come la spirale nella quale mi era parso di cadere, quel vortice infinito di pensieri, gli eventi come scosse di terremoto del grado più alto della scala del mio cuore.

Mi accesi una sigaretta – ne avrei accese volentieri due, no, forse tre contemporaneamente, una per me, una per i segni cosmici e una per dare fastidio a Filippo. Con le labbra aggrappate al filtro, aspiravo con dei tiri lunghissimi che mi rimanevano dentro al petto per svariati secondi e poi via, fuori da me, in nuvole grigie a sfumare il blu della notte. Ché la notte non è nera, la notte è blu.

A occhi chiusi presi l'ennesima boccata di fumo, per consumare la mia sigaretta e annebbiare Filippo nella mia mente, mentre a mezza voce, parlando tra me e me ma facendo vibrare le corde vocali e sognando che anche questa volta le stelle mi ascoltassero, dissi: «Io ti dimentico». Mi parve liberatorio poterlo dire, quindi lo ripetei più volte: «Io ti dimentico io ti dimentico io ti dimentico».

«La vera morte è l'oblio.»

Dischiusi le palpebre. Davanti a me Roma, assonnata, era rimasta intatta – ci era riuscita per secoli, figurarsi in un batter d'occhi. Mi voltai per guardarmi le spalle da quella frase che conoscevo bene e che rimbombava nelle mie orecchie come un assurdo déjà-vu.

Era notte fonda ormai, ma su quel balcone affacciato sulla città le luci mi fecero riconoscere il ragazzo che aveva pronunciato quella frase, settimane prima, davanti al volto invecchiato di Alejandro, mentre mi perdevo in riflessioni sulla danza della realtà.

«Ciao. Parli sempre ad alta voce.»

«E tu rispondi sempre ad alta voce. Sono Anita.»

«So chi sei.»

Perché tutti sapevano chi fossi e io non sapevo chi fossero tutti? Mancavo di concentrazione, era un dato di fatto oramai.

«E tu chi sei?»

«Sono Flavio.»

«Che strana coincidenza ritrovarti anche qui.»

«Lavoro per il tuo stesso giornale, sono un fotografo.»

«Ma il panettiere non lo fa più nessuno?»

Rise.

Gli sorrisi anch'io, lo salutai e mi trascinai oltre la sala della festa. Senza salutare nessun altro chiamai un taxi e scomparvi giù per il Gianicolo, fino a casa.

Mentre andavo via, ebbi la sensazione che qualcuno – forse Filippo – mi stesse osservando.

12

«Le cose non vanno con Jacopo.»

«Anita, te ne prego, abbi la pazienza e la lucidità di non commettere dei gesti avventati.»

«Non facciamo l'amore da mesi.»

«È colpa tua, quella storia dei figli lo ha distrutto.»

«Questo non giustifica l'assenza di un contatto, di sesso...»

Elena, mia madre, nell'udire quella parola prese un respiro profondo. La imbarazzava non poco dover affrontare l'argomento sesso con me (anche con Greta, in verità, non è che si fossero mai dette grandi cose sulla questione). Pudica, si mordeva il labbro inferiore come una bambina che non sa scusarsi di una marachella e, con le palpebre che le si chiudevano a mezz'asta sui grandi occhi verdi per il disagio, si guardava le mani strette a mo' di preghiera, e le strofinava come per sgranare un rosario immaginario, nel tentativo di dirmi la cosa giusta.

«Con tuo padre all'inizio non fu facile, io ero una ragazzina e lui un uomo adulto sempre pronto a prendere decisioni per entrambi. Un carattere severo, una persona a tratti faticosa, soprattutto se consideri i mezzi che avevo all'epoca per poterlo sopportare o contrastare. Ma avevo fatto una scelta, lo avevo scelto e non sarei tornata indietro per nulla al mondo. Ed ero certa che avrei portato a termine quell'impegno fino alla fine, senza esitare mai.»

Mia madre mi spronava a resistere alla fragilità di quel momento, ma il solo pensiero di immaginare l'amore come un "impegno" mi faceva fuggire a gambe levate senza voltarmi indietro. Per quale motivo avrei dovuto accontentarmi delle briciole quando avevo fame di vita? Sapevo che l'ingordigia era punita con grandissimi mal di pancia, ma io non chiedevo tavole a festa e menu interminabili con portate ghiotte e abbondanti. Chiedevo un pasto che mi nutrisse l'anima, che mi scaldasse il cuore.

A tavola mia sorella Greta rimase in silenzio, mi osservava con gli occhi stretti di chi si sforza di vedere oltre il soggetto del quadro, nel tentativo di trovare un significato nascosto, impercettibile e fondamentale. Non credo riuscì a capirci tanto, dico la verità. Greta è sempre stata il mio opposto e quel giorno mia madre, guardandoci gomito a gomito, con molta probabilità si chiedeva come potessimo essere così distanti caratterialmente. Create dalle stesse carni, portate nello stesso grembo, cresciute sotto lo stesso tetto. Lei pacata nel suo andare calmo lungo la strada della vita, lineare e in pianura. Io di corsa a saltare ostacoli, tentare capriole e lanci nel vuoto senza il minimo terrore di schiantarmi al suolo, ché di vita ho solo questa.

«Ho solo questa vita.»

«Appunto, non la sprecherei andando a tentoni» disse finalmente mia sorella.

«Non vado a tentoni, Greta, non mi do il tempo di toccare il fondo.»

«Questa storia non ne vale la pena?»

Digrignai i denti di rabbia. Avrei voluto rispondere che no, niente valeva la pena di essere vissuto in quel modo, con quell'apatia, senza nessuna gioia. Sentii la schiena irrigidirsi immediatamente e le gambe cominciarono a farmi male. Era la reazione del mio corpo a quello che non volevo, mi si paralizzava tutto e sentivo dolore ovunque, dalle dita dei piedi fino alla punta delle orecchie. Mi succedeva anche da piccola, quando facevo i capricci e dal nervoso mi lasciavo cadere ovunque mi trovassi. Un pomeriggio di maggio, avrò avuto forse cinque anni, presi a lamentarmi perché volevo tagliarmi i capelli, volevo che mamma mi portasse dal parrucchiere a fare un bel caschetto. La mia impetuosa richiesta però non fu accolta (a cinque anni non decidi d'improvviso quando tagliare i capelli, quello lo fai dai quindici in poi, fino alla fine della tua vita, facendo delle gigantesche stronzate) e mi feci venire una crisi isterica sulle scale di casa. Piansi tutte le mie lacrime e quando riaprii gli occhi, alzando la testa dalle mie braccia conserte, mi ritrovai nella luce del tramonto, stesa sui gradini freddi, nella totale indifferenza dei miei familiari.

A quel punto temetti il peggio, perché mi resi conto che il mio irragionevole sfogo pomeridiano non sarebbe passato inosservato a quella persona severa che era mio padre. Lui sapeva parlarmi senza fiatare, con un solo sguardo aveva il potere di farmi prendere la decisione giusta – sì, no, soltanto con un'occhiata delle sue. Credo che la forza della sua serietà stesse in un gioco di equilibri tra gli occhi e le guance: gli occhi intensi e neri non mi si staccavano di dosso, mi fissavano senza mai batter ciglio, seguendo ogni mio movimento, e sembrava che l'aria che ci separava, tutto lo spazio fra noi, fosse una forza in grado di atterrire, di immobilizzare. Le guance restavano rilassate e permettevano alle sue labbra di fare lo stesso, rimanere distese senza tradire tensione. Quella serissima rilassatezza mi faceva deglutire anche la saliva che non avevo, con un rumore che portava con sé il suono della paura.

Con la paura mi sedetti a tavola quando fu l'ora di cena. Il silenzio ci accompagnò come fosse il quinto commensale, mentre mia madre faceva porzioni abbondanti di pasta al pomodoro. Quando mi appoggiò il piatto davanti al mento, lasciandomi scoprire cosa c'era dentro, le mie sopracciglia si mossero per formare una freccia puntata verso l'alto, una sorta di tetto sopra il mio sguardo drammatico che, stremato dalle delusioni della giornata, chiedeva pietà, il pomodoro no, pietà.

Non so per quale motivo mi rifiutassi di mangiare il pomodoro – tuttora lo guardo con diffidenza, anche se ho superato l'ostacolo "non ti mangio". A ogni modo, mio padre attivò la modalità sguardo assassino e, per un istante, mi fece stringere le labbra per trattenermi dall'esprimere un giudizio sul piatto. Poi non resistetti e, con spada e scudo forgiati di pura ingenuità, sfidai Sua Maestà la paura. «Io non la mangio la pasta col pomodoro.»

Mia sorella Greta sferrò un calcio da sotto il tavolo e guardandomi mi fece intendere di non oltrepassare il limite.

«Elena, per la prossima settimana solo pasta al pomodoro per Anita.»

Si fermarono anche gli orologi. Le punizioni di mio padre, quando riusciva a non perdere la pazienza, erano davvero geniali. Aveva innescato una partita a scacchi e io, per rispondere alla sua mossa, provai a fare la stessa cosa che faceva lui con gli occhi e le guance. Ma non rivestivo il ruolo adatto, e non avevo un bagaglio abbastanza grande per tenergli testa. La sostanziale differenza tra noi era che lui era il Re e io un umile pedone, e non avevo strategie da applicare se non il solito ritornello triste fatto di lacrime e lamenti. La mia nenia durò una decina di minuti, in cui bagnai i fusilli al pomodoro con lucciconi di stanchezza e capricci. L'avrei fatta morire annegata, quella pasta, pur di non mangiarne nemmeno una forchettata. Le gambe mi divennero rigide e doloranti perché no, non volevo essere punita soltanto perché desideravo non mangiare il pomodoro. Mio padre perse la pazienza, lo vidi nei suoi occhi, stretti e minacciosi, e immaginai che non si sarebbe fermato a una settimana di pasta rossa. La punizione successiva non sarebbe stata geniale, sarebbe stata spietata, eccessiva, insopportabile.

Si alzò di scatto da tavola e lo vidi scomparire oltre la porta della mia cameretta. Il silenzio occupava tutti i vani di casa. Riapparve in cucina con in braccio il mio gioco, quello nuovo, quello dei sei anni che avrei compiuto di lì a poco e che, grazie alla mia fantastica condotta a scuola, avevo scartato prima della festa: il camper di Barbie color panna con degli inserti rosa. Lo guardai terrorizzata, dritto negli occhi, proprio come mi guardava lui, sognando che non facesse la mossa successiva, sognando che mi volesse bene abbastanza da non punirmi in quel modo. Lui, però, poggiò il camper a terra e con il piede destro iniziò a schiacciarlo sotto i miei occhi, sotto gli occhi di Greta e della mamma, sotto gli occhi del silenzio.

Mi si fermò il cuore per qualche secondo, lo so per certo, e a ogni colpo di tacco, a ogni pezzo del mio nuovo gioco che volava via, a ogni storia immaginata tra Barbie e Ken dentro quel camper, chiudevo gli occhi come se fossero spari, detonazioni, bombe sul mio mondo fatto, sì, anche di capricci – avevo pur sempre cinque anni, quasi sei.

Scacco matto, papà. Hai vinto tu.

Re Umberto chiese a Greta di raccogliere i pezzi del camper, metterli dentro a un sacco nero e andarli a buttare giù in cortile. Io presi a mangiare i miei fusilli con pomodoro e lacrime, finii il mio piatto e andai a letto, ché a quel punto fare un incubo sarebbe stato meglio. Il giorno successivo trovai due pezzi del camper sfuggiti al controllo – una ruota e un cuscino – e me li feci bastare giocando con un esercito di Barbie molto agguerrite per aver perduto l'unico mezzo che le avrebbe portate in giro per l'appartamento.

Io e papà non ci parlammo per giorni, non gli rivolsi la parola fino a quando, il giorno del mio sesto compleanno, il 26 maggio 1991, si fece perdonare regalandomi lo stesso, identico camper color panna con gli inserti rosa. Lo abbracciai forte, forse piansi per la felicità della nostra rappacificazione o forse, al contempo, per il dispiacere di quel litigio spaventoso che per troppo tempo ci aveva tenuti distanti come due estranei. La verità è che non lo perdonai mai.

«Non lo so più» replicai a mia sorella, che aspettava una risposta da chissà quanto, mentre io mi ero persa con lo sguardo nel vuoto e la testa giù, nel mare scuro del mio ricordo.

13

Furono dei giorni bui, fatti di assenze e imperdonabili immobilità. Jacopo tornava sempre più spesso a Firenze per lasciare che io mi schiarissi le idee e riprendessi a essere la donna che aveva sposato, oppure che la distruggessi del tutto – quella ragazza, in fondo, non mi abitava più. In realtà non credo che l'Anita che gli aveva promesso una vita insieme non fosse più dentro di me, solo che non era più il suo tempo. Ciclicamente, una me diversa affittava il mio monolocale per viverci fino a quando non si fosse stancata delle mie planimetrie emotive.

Smisi di scrivere per un po', non ne avevo la forza, e la concentrazione, che già mancava da sempre, divenne una chimera. Se l'avessi potuta comprare l'avrei pagata oro, ma non potevo.

Una notte, mentre tentavo di fare delle ricerche in rete aspettando di prendere sonno, Facebook mi notificò una richiesta di amicizia. Era il ragazzo del MoMA, il ragazzo del buio blu sul balcone dal quale guardavo la mia delusione spalmata sui tetti di Roma.

Flavio Vigo. Un sorriso accennato, gli occhi stretti, come a voler guardare oltre il suo avatar, gli segnavano quattro rughette sulle punte esterne delle orbite, il nocciola attorno alle pupille mi teneva incollata a quel piccolo riquadro. I capelli lisci, con un ciuffone gigante, erano percorsi a tratti da strade bianche verso un'età matura, a tratti da scorciatoie di un castano chiaro che ricordava una gioventù sbiadita. Non feci in tempo ad accettare la richiesta che il mio nuovo amico mi riempì di like a ogni foto pubblicata sul mio profilo personale. Nell'era della tecnologia e dei social network ricevere così tanti like in breve tempo, sotto ogni straccio di foto, quelle in cui sei incredibilmente affascinante e quelle in cui sei terribilmente buffa, significa una sola cosa: mi piaci.

Mi scappò da ridere per quell'esternazione notturna e inaspettata. Risposi a quelle notifiche inviando un messaggio privato al suo profilo con una lunga risata: "Ma che fai? All'una di notte metti mi piace alle foto?".

"Eh lo so, mi è presa la curiosità di guardarle."

Sorrisi. Era un evidente tentativo di contatto, il terzo sommando New York e il Gianicolo, ma questa volta non volli sottrarmi al suo avvicinamento: la vita mi aveva riproposto quell'uomo un numero di volte abbastanza alto da lasciarmi pensare che, forse, qualcosa da dirci l'avevamo davvero.

"Sei già andata via?"

Fissavo lo schermo luminoso davanti a me senza la certezza di voler continuare a dialogare o proseguire con le mie ricerche.

"No scusa, sono davanti al pc che tento di lavorare ma sono a un punto morto."

"Un nuovo articolo?"

"Sì."

"Vedo dalle tue informazioni personali che sei nata un giorno prima di me."

"Oddio, un altro Gemelli. In questo momento siamo praticamente in una conference chat!"

Rise. Mi accorsi che parlando con lui ridevo spesso anche io, perché mantenere la distanza garantita dalla tastiera mi rendeva libera di parlare in modo schietto, senza l'ansia di dover piacere. Stavo semplicemente scambiando due chiacchiere in una notte insonne di inizio aprile, quando nella mia vita, nonostante la giovane età, c'era una calma piatta che avrebbe fatto spavento a chiunque. Quell'assenza di movimento nella mia esistenza non mi era mai parsa così evidente: bastava una chat notturna a farmi divertire, manco mi trovassi al luna park.

"Ho fatto un casino e mi sono rovesciato addosso un progetto di vita che valeva la pena di vivere a pieno."

Improvvisamente le parole di quello sconosciuto mi sembrarono quasi profetiche, o emblematiche (adesso non saprei dire) del momento che stavo vivendo con Jacopo. Chissà perché siamo in grado di non renderci conto dei tesori che abbiamo e di rimpiangerli solo dopo averli perduti. Cosa ci spinge a dare per scontate le persone, le cose, la vita? E dire che io la lezione su quanto sia effimero l'intero tutto l'avevo imparata, forse dovevo tornare a studiare. Forse doveva tornare a studiare anche lui.

"Cos'hai combinato?"

"Un casino. Ero fidanzato con una donna splendida e non ho avuto cura del suo amore per me. L'ho tradita perdendola per sempre."

Mi mandò la foto dell'ex fidanzata. Non saprei dire il perché ma evidentemente avevo tutta l'aria di una che avrebbe capito certe confidenze – d'altronde non era la prima volta che un uomo si svelava a me nelle proprie fragilità cercando conforto... O forse semplicemente ero l'unico contatto sveglio a quell'ora della notte in grado di poter ascoltare i suoi lamenti.

Trascorsero due ore di conversazione in cui tentai di risollevargli l'umore raccontandogli di quanto fossi disastrosa io, nel mio dubbioso errare. Lui, quanto meno, aveva chiaro il desiderio d'amare, io, invece, non sapevo più se ne ero in grado e pertanto mi allontanavo passo passo dall'idea di coppia per sentirmi un'unica cosa, singola, numero primo indivisibile, sterile.

"Ma no, vedrai che un giorno avrai voglia di un figlio tuo."

"No, mai."

"Sei ancora troppo giovane per dirlo, cambierai idea, adesso pensa alla carriera."

Ero sdraiata a pancia in giù sul mio letto gigantesco, landa desolata di notti senza sogni, e con le mani mi sorreggevo la testa puntando i gomiti contro il materasso. Chi fosse quell'uomo non lo sapevo davvero ma ebbi la sensazione di conoscerlo da tempo, per i modi carini, la disperazione ironica, quel ridersi addosso delle disgrazie che mi era sempre piaciuto tanto anche di me.

Quando si fecero le tre decisi che era arrivato il momento di salutarci, perché conoscevo già l'epilogo di quel genere di contatto: sapevo che non c'era nulla di buono nei sorrisi che mi provocava la luce di un computer, l'idealizzazione di qualcosa che nella realtà, da vicino, è meno luminoso di quanto appare.

Flavio sembrava un ragazzo molto carino, ma nessuno dei due aveva bisogno di cercare riparo sotto il tetto dell'altro. Lui fuggiva dalla fine di una relazione per raggiungerne un'altra, io fuggivo dal mezzo di una relazione per raggiungerne la fine, viaggiavamo decisamente in direzione opposta, a mille all'ora, e uno scontro avrebbe provocato più di due feriti.

Abbandonai i miei sorrisi sulla tastiera e spensi la luce, sperando di sognare.

Il giorno seguente fu un giorno senza sole, buio, di un cielo così grigio da non farmi venire voglia di uscire nemmeno per andare a comprare l'acqua. Bevvi quella del rubinetto della cucina, riempiendo caraffe su caraffe.

Mi feci assorbire dalla noia e da un andamento ozioso sotto il piumone, dividendomi tra il cellulare e il computer come unica e cattiva compagnia. Io potevo lavorare anche dal mio materasso e questa comodità spesso si trasformava in un rischioso dolce far niente.

Oscillai tra l'articolo da terminare e i miei social per molto, fino a che Flavio tornò a scrivermi. Ebbi la conferma che quell'uomo stava cercando di sbirciare nella mia vita e che non si accontentava di semplici fotografie o di qualche dato personale sparso nell'etere (in fondo non era molto difficile ottenere informazioni sul mio conto, ero una penna conosciuta nel giornalismo e un personaggio di spicco nella moda).

Quell'uomo cercava la mia compagnia, forse a causa della debolezza che avevo avuto, la notte prima, mostrandogli tutta la mia solitudine.

"Sarebbe bello incontrarti."

No. Speravo che i tentativi di contatto tra noi si riducessero alle nostre tastiere, perché davvero non sarebbe nato nulla di buono da un appuntamento premeditato (considerati i precedenti del tutto casuali) tra due come noi. Non potevo fidarmi della disperazione che ci spingeva a scriverci, della nostra noia, del desiderio di entrambi di trovare qualcosa di nuovo che potesse sorprenderci. Chi era Flavio io non lo sapevo e per quale motivo ci stessimo raccontando tutto di noi, quale strana leggerezza ci stesse trascinando a guardarci così tanto da vicino, non avrei saputo dirlo.

In quel periodo non mi chiesi mai cosa stessi facendo, non mi fermai a pensare che forse di quel dolore, dei vuoti nella mia relazione di cui ogni giorno prendevo coscienza, avrei dovuto parlarne agli amici, alla mia famiglia e non a un avatar di cui non sapevo nulla, al quale affidavo ogni mia confidenza. E lui? Delle sue storie finite? Di quell'ultima andata male con un figlio di mezzo e una vita da single a cercare affetto? Perché ci stavamo scrivendo come si fa solo su un diario segreto?

La realtà, nel torpore delle nostre vite perfettamente coincidenti nella sospensione di ogni cosa, perse i contorni, e tutto quello di cui avremmo avuto bisogno di lì a chissà quando divenne una connessione a internet che potesse lasciarci scrivere fino a notte fonda, fino a non avere sonno, fino a mangiare con il piatto davanti al pc senza apparecchiare la tavola, fino a desiderare di fermare il tempo o dimenticarlo, fino a dimenticare anche gli amici, i programmi, gli impegni, le passioni, fino a scambiarci il numero di telefono, fino alle videochiamate, fino alle mancanze nonostante non ci fossimo mai sfiorati, fino a "questo qui è mio figlio", fino a "ho fatto un nuovo colore ai capelli", fino a tutto, fino alla fine e senza davvero capire il motivo di quell'attaccamento morboso.

Se solo avessimo potuto guardarci da fuori, ci saremmo visti come realmente eravamo: due persone tristi e sole, con dei vuoti dentro grandi quanto crateri sulla luna, a tratti mediocri nel nostro conversare.

In quel garbuglio di novità e fascino, misi nelle mani di un estraneo la mia storia, i miei segreti e tutto il mio disincanto nei confronti dell'amore senza nessuna paura, perché mi parve che lui per primo non avesse remore nel mettermi in mano la sua, di storia. Fu uno strano accordo, una silenziosa intesa.

Flavio era uno sconosciuto del quale mi fidavo ciecamente. E alla fine, con tutta l'incoscienza che avevo, gli risposi: "Sì, incontriamoci".

14

Lo aspettai a Villa Borghese in un giorno di aprile, mentre il sole già scaldava Roma dalle prime ore del mattino. Ebbi il cuore in gola per tutto il tempo, lungo la strada che mi portava al parco. Decisi di fare una passeggiata di due chilometri e mezzo, attraversando il centro di Roma che non mi stanco di adorare. Io alla bellezza non ho mai fatto l'abitudine, la pretendo dentro e fuori di me, dentro e fuori dagli altri, come una responsabilità umana dalla quale non ci si può assolutamente sottrarre. Quindi decisi di perdermi in mezzo alle stradine che avevo esplorato un milione di volte, camminai su corso del Rinascimento, poi presi via di Ripetta e arrivai in piazza del Popolo, feci le scale su per viale Gabriele D'Annunzio e ancora più su per la Salita del Pincio.

Gli diedi appuntamento in piazza Bucarest, davanti a Casina Valadier, per non sbagliarci e non trascorrere la prima mezz'ora a cercarci per tutta la Villa.

Mi sedetti sulla piccola recinzione fatta di ferro e cemento attorno all'obelisco di Antinoo e aspettai con ansia che Flavio arrivasse. Mi venne in mente che stavo per incontrarlo per la terza volta, anche se in fondo mi sembrava che fosse solo la prima. E forse era davvero la prima, perché tutte le volte in cui le nostre strade si erano incrociate per un istante io in fondo non lo avevo visto: non lo avevo visto tra le fotografie della vita di Jodorowsky, non lo avevo visto sul balcone della notte al Gianicolo.

Fu un'attesa molto strana. Nonostante il passo lento ero arrivata con dieci minuti di anticipo, e decisi di impiegarli lasciandomi attraversare dalla totale assenza di pensieri. Non mi venne in mente Jacopo nemmeno per un istante mentre stavo dentro al mio cappottino color ruggine che copriva un vestito a righe bianche e nere. Non pensai che quell'incontro potesse essere un errore. In effetti, il desiderio di occuparmi solo di me bruciava di rabbia a tal punto che non sentivo nemmeno la lontanissima eco del senso di colpa.

Presi a respirare goffamente e nel tentativo di controllare il fiato mi inceppai in quell'assurda sensazione che avevo sempre in momenti come quelli, di calma prima del caos. Mi prendeva all'improvviso la totale incapacità di deglutire. Tutto rimaneva sospeso in un nodo in gola che non potevo né sputare fuori né spingere dentro, si aggrappava lì dove cambia la voce, o dove si spezza. Insomma, se avessi aperto la bocca avrei prodotto un suono estraneo anche a me stessa.

Tirai su gli occhi e riconobbi Flavio, tra un turista e l'altro, che camminava nella mia direzione. Mi aveva vista prima che io vedessi lui. Sembrava essere un destino già scritto, a conti fatti. Si avvicinò lentamente, con passo incerto, i piedi nella posizione delle lancette di un orologio che segna le dieci e dieci minuti, le gambe forse storte o forse solo troppo magre dentro a un pantalone un po' largo del colore del cielo quando arriva la tempesta. Aveva i capelli di un castano molto chiaro, confuso con il grigio che aveva lasciato il passaggio del tempo. Mi sorrise da non troppo lontano e per la prima volta lo vidi davvero, con il naso arricciato e gli occhi affondati nelle sue quattro rughe per lato. Abbassò la testa più volte per guardarsi i piedi e tenne le mani in tasca fino a che non arrivò davanti a me, che oramai lo aspettavo in piedi e per l'imbarazzo avrei fatto la passeggiata del Pincio correndo sui miei tacchi – comodi ma alti – e vincendo le Olimpiadi nella categoria "corse imbarazzanti per l'imbarazzo".

Eravamo due cretini che non sapevano gestire le conseguenze di un incontro al buio – di sicuro lo ero io, che oltre a non averne mai fatti non ricordavo nemmeno perché mi trovassi lì in quel momento.

Le situazioni emotivamente scomode a volte mi suscitavano un bisogno incontrollato di tentare la fuga dall'uscita d'emergenza, quindi temevo che di lì a poco avrei avanzato un "a breve dovrò scappare" e sarei scappata davvero, senza lasciare tracce di me, per riprendere la mia vita di sempre.

L'unico, piccolo, momento di disagio postumo l'avrei avuto, eventualmente, se avessi dovuto incontrarlo in ufficio, una delle poche volte in cui mi palesavo tra le noiose scrivanie del giornale.

Iniziai a fare delle connessioni mentali velocissime, stavo al pensiero come Bolt stava alla corsa e la cosa spaventosa fu che il tutto avvenne nel breve lasso di tempo, forse pochi istanti, che ci separò prima di risolvere la situazione con un semplice: «Ciao, come stai?» pronunciato all'unisono, la cui risposta, sempre all'unisono, fu: «Bene e tu?».

Ci scappò da ridere, poi prendemmo entrambi a guardarci le punte delle scarpe. Quando decisi che non avremmo potuto trascorrere l'intera mattinata tra silenzi di disagio e gote arrossate, proposi di bere qualcosa al caffè del Pincio.

Roma da lassù toglieva il fiato. O era Flavio? Non riuscivo a staccargli gli occhi di dosso, perché quando sorrideva le guance gli si arricciavano verso l'alto e sembravano dei palloncini rossi, da staccare a morsi. Aveva un sorriso bellissimo e una voce ipnotica, calda e profonda.

Quando riuscii a superare l'ostacolo del desiderio di

fuga, suggeritomi dalle mie me più assennate e prudenti, iniziammo a raccontarci. Mi chiese di parlargli di me, gli chiesi di parlarmi di lui. Mi parve un uomo solo, a tratti un po' stanco, pronto a curvare la schiena tutte le volte in cui mi raccontava di sua madre e suo padre (dai quali non si era mai sentito troppo amato), pronto a stringere i pugni tutte le volte che parlava del figlio che era nato senza che lui lo desiderasse, da una donna di cui non era mai stato innamorato e che dipingeva come una strega cattiva, che aveva voluto incastrarlo, lo aveva ingannato senza chiedergli mai se si sentisse pronto a diventare un genitore. Lo era diventato e basta. Ma per lui non era stato difficile innamorarsi del figlio, Marco: il destino aveva voluto che fosse la sua copia sputata, il naso, gli occhi, il sorriso, ogni centimetro del suo corpo sembrava la riproduzione esatta di Flavio in miniatura.

Ingiusta era stata anche l'ultima fidanzata, Camilla, che lo aveva lasciato dopo aver scoperto di essere stata tradita e non ne aveva più voluto sapere di lui. Nell'ultimo anno di fidanzamento le cose andavano male e lui era caduto in questa sorta di ipersessualità, dipendenza da sesso, in cui aveva finito col portarsi a letto non volli ricordare quante donne. Le aveva chiesto perdono per questo, ma il perdono non era stato mai abbastanza e forse, come mi raccontò al Pincio, la colpa era del fatto che in fondo lei non lo amava davvero, «perché l'amore, si sa, può superare ogni ostacolo».

Pronunciò quelle parole con una convinzione tale da riuscire a farmi credere che sì, la vita con lui era stata davvero scorretta.

Certo non c'erano giustificazioni davanti a quei ripetuti tradimenti, ma in fondo si era pentito, aveva cercato di rimediare, no? Mi fece tenerezza, stava soffrendo come un cane ed era circondato da streghe cattive e pochi amici che gli volevano davvero bene.

«Non ho molti amici, ma quelli che ho sono la mia famiglia.»

Mentre parlava un filo di tristezza gli velava gli occhi. Flavio aveva questo filtro grigio nel guardare il mondo che in un momento diverso della mia vita forse mi avrebbe provocato una repulsione, un'avversione fisica che mi avrebbe imposto di stargli alla larga per sempre. Ma quello non era un momento diverso, quella sembrava essere un'altra vita, e mentre mi raccontava di sé ebbi l'istinto di avvicinarmi un pezzo di più, sempre di più alla sua storia per ripulirgli l'obiettivo e aiutarlo a scattare delle foto più colorate.

Mi venne naturale stargli accanto, capirlo, consolarlo a volte durante i suoi lunghissimi racconti.

Stavo cadendo nella trappola della crocerossina pronta a soccorrere? Io che non volevo figli, stavo forse adottandone uno già grande per raddrizzargli la schiena? Io che sgomitavo nella mia vita per essere una donna sola e indipendente, mi stavo forse legando a un uomo che, diversamente da me, cercava l'amore a tutti i costi?

Cercava l'amore di una mamma, quella che gli era mancata in tutti gli anni dell'adolescenza e che ancora non aveva davvero perdonato per i confronti costanti tra lui e il fratello, in cui lui arrivava sempre secondo. Che rabbia mi fece sentire il suo dolore, la sua solitudine mi entrò nelle vene. Quel grido di aiuto non rimase inascoltato dal mio cuore, che da quel giorno gli si appiccicò al petto come un piccolo stemma di cui andare fieri.

Con gli occhi umidi di empatia e la punta del naso piena di lacrime, mi avvicinai alla sua barba lunga e poi lo baciai, piano, sprofondando tra le sue labbra morbide.

Mi parve che si spegnessero le luci, che si capovolgesse il mondo, che smettesse di girare. La sensazione fu proprio quella di una giostra che gira, gira, gira sempre più veloce e all'improvviso si ferma.

Sentii uno strattone dentro di me, uno scossone in grado di mettere le mie stanze sottosopra, le cornici si storsero sulle pareti di velluto, caddero gli specchi e si ruppero, le mie mille me scaraventate in ogni angolo della mia testa a gambe all'aria che gridavano: "Nooo!".

Perché no? Flavio era bello e, nonostante le sue fragilità, mi dava l'idea di un uomo forte in grado di stringermi a sé come nessuno aveva saputo fare prima, fino a togliermi il fiato.

Io lo avrei aiutato a stare dritto con la schiena, lui mi avrebbe fatta sentire speciale.

Finii di bere il mio caffè americano senza zucchero e gli chiesi di passeggiare fino a piazza del Popolo e magari cercare un posticino in cui mangiare qualcosa.

«Ti porto da Ginger.»

Fu un pranzo pieno di parole in bocca e pochissimo cibo, ché in situazioni come quelle lo stomaco si chiude e non c'è spazio per niente che non siano i sospiri.

Ci guardammo a lungo con gli occhi di due ubriachi, ebbri di felicità per quel tempo leggero che volava troppo in fretta da quando ci eravamo incontrati al mattino.

Quando poi si alzò per andare al bagno, io mi diressi verso la cassa per pagare il conto.

Perché sì, alla fine io pagavo sempre il conto.

15

Non feci in tempo a tornare a casa per riprendere a lavorare che il cellulare mi si riempì di messaggi. Era sempre lui, Flavio. L'idea che mi pensasse così tanto, così intensamente da non voler stare distante da me per più di mezz'ora, mi strappò un sorriso.

Era da tanto tempo che io e Jacopo non parlavamo in quel modo, anzi, forse non lo avevamo mai fatto, presi dai nostri impegni e da abitudini meno tecnologiche.

Con Flavio avevo, invece, la sensazione che non si volesse separare da me, che volesse sapere ogni cosa della mia vita, non importa se via sms o di persona, voleva sapere e non si sarebbe stancato mai di leggermi, di ascoltarmi, di raccontarmi.

"Che cosa fai?"

"Scrivo, e tu?"

"Sono a casa, ho pochi lavori in questo periodo."

Passarono le ore, i giorni, e le settimane proprio così,

vedendoci pochissimo – perché io ero davvero oberata di lavoro e spesso andavo e tornavo da Milano per vari impegni con la moda –, ma senza mai smettere di scriverci o sentirci al telefono. Il cellulare sempre fastidiosamente in mano per il piacere di parlargli, ma anche per la paura che si arrabbiasse se non riuscivo a rispondergli subito.

Una notte, piena di sonno, durante una nostra conversazione in chat mi addormentai sul divano davanti alla tv accesa. Quando riaprii gli occhi, poche ore più tardi, intorno all'una e trenta, trovai alcuni suoi messaggi dal tono stizzito, a sottintendere una mia possibile occupazione altra con chissà quale uomo.

Mi venne un colpo. Mi si aggrovigliarono le corde vocali, divenni afona e mi scappò da piangere. Provai a rispondergli ma i miei messaggi non arrivavano al destinatario, così tentai la chiamata notturna, forse un po' eccessiva per due che si conoscevano da poche settimane, ma la linea cadeva a ogni tentativo. Flavio, accecato da una rabbia che non sapevo giustificare, mi aveva bloccato su ogni canale di comunicazione che avevamo utilizzato fino ad allora.

Portai le mani al petto per tenermi stretto il cuore che pareva potesse esplodermi da un momento all'altro, e misi in atto quel gioco che avevo imparato vent'anni prima, di circoscrivere il dolore per spingerlo giù in fondo alle viscere del mio stomaco.

Esaurite tutte le possibilità di comunicazione, ricordai di avere il suo indirizzo mail. Così registrai e inviai un messaggio vocale in cui, singhiozzando, lo supplicavo di tornare lucido e di sbloccare il mio numero. Volevo spiegargli che ero soltanto crollata in un sonno profondo.

«Fla', ti prego, mi sono addormentata sul divano. Scusami.»

Mi richiamò pochi minuti più tardi, con il tono pentito di chi aveva reagito troppo severamente alla montagna di insicurezze che gli aveva fatto leggere nel mio silenzio un tradimento.

Non esitai un secondo a perdonargli quello spavento notturno, ma mancai di ragionare su una cosa importante: quanto potere aveva quell'uomo su di me per lasciarmi sentire così fragile e colpevole nonostante io fossi nel giusto? L'unica risposta valida a un gesto simile avrebbe dovuto essere l'indifferenza e, successivamente, una pericolosissima caduta libera giù dal mio cuore. Io invece non mi offesi mai e, al contrario, da quella notte gli lasciai scalare le vette più alte della mia esistenza, lo feci accomodare in prima fila sulle poltrone di velluto rosso dello spettacolo della mia vita, senza pagare nessun biglietto, senza un titolo, senza un talento che gli concedesse quel privilegio. Era semplicemente Flavio, e questo mi bastava.

Quella notte, mostrandomi così fragile, dichiarai ad

alta voce che io ero sua e che con quel genere di capricci, facendo leva sui miei sentimenti e sulle mie debolezze, avrebbe potuto ottenere ciò che desiderava.

Flavio mi voleva bene, ne ero certa, e quelle reazioni incendiarie, detonazioni di rabbia che mi rimbalzavano sul petto, erano solo il frutto di una temperatura altissima, di modi nervosi, di una collera sterile che trovava pace nelle mie carezze ogni volta che perdeva lucidità e non vedeva oltre le sue costruzioni emozionali.

Una sera, come molte nell'ultimo periodo, in cui Jacopo non era a Roma, raggiunsi Flavio per cena in una trattoria dalla cucina eccezionale, uno di quei posti a conduzione familiare in cui il cameriere viene al tavolo per dirti cos'ha deciso di farti mangiare senza che tu possa obiettare più di tanto. Gustammo dei rigatoni alla Gricia accompagnati da un rosso della casa veramente buono.

Era, forse, la seconda o la terza volta che ci incontravamo da quel primo appuntamento a Villa Borghese, e la sensazione era sempre quella di guardare negli occhi un uomo che mi trascinava a sé, nel vortice di un'energia attrattiva che mi faceva girare la testa. Mi girava la testa quando stavo accanto a Flavio, quando mi parlava, quando mi sorrideva, quando tentava di capire i miei discorsi contorti, le mie riflessioni esistenziali e tutto il resto.

Flavio mi seguiva come un'ombra e seguì la mia ombra nel buio della stanza da letto della sua casa a nord di Roma, oltre Ponte Milvio, quando si avvicinò per baciarmi già a occhi chiusi, trovando le mie labbra senza nessuna fatica, mentre io, immobile di paura, mi lasciavo afferrare dalle sue braccia forti, dalle sue intenzioni d'amore.

Quando ci lasciammo cadere sul letto, seminudi, mi parve un volo lieve, lento, di due corpi leggeri che aspettano solo di sentire la pelle dell'altro. La sua pelle era bella, chiara, liscia e piena di nei, puntini da unire come a formare un disegno.

Fare l'amore fu un viaggio assurdo, un viaggio in un luogo al quale sentivo di appartenere. I suoi luoghi, la casa delle sue mani, il letto delle sue labbra, la culla del suo sesso, sentivo che non mi erano affatto estranei, sebbene lo fossimo noi. Non ci conoscevamo, non sapevamo niente del passato dell'altro, se non qualche racconto a grandi linee e senza verità – che chissà dove sta la verità nelle storie quando le si racconta, chissà se c'è una bocca in grado di conservare il gusto inalterato del giusto.

Ci baciammo come due che si amano da pochissimo, con l'entusiasmo fresco, come il pane appena sfornato, come due ragazzini che devono ancora scoprirsi a vicenda, con la confidenza di una coppia esperta che sa di non potersi perdere tra le vie della città dell'altro.

Eravamo, io per lui, lui per me, la città dei sogni sempre vista da lontano in cui finalmente ci avventuravamo, con la cartina in mano e gli occhi colmi di stupore.

E, sebbene mi augurassi fosse solo sesso – lo auguravo alla mia vita già promessa a un altro uomo –, la realtà dei fatti parlava chiaro, parlava ad alta voce e non riuscivo a tapparle la bocca: facemmo l'amore prendendoci le mani, stringendole fino a farci male, con i polpastrelli a scavare nella carne dell'altro, con le unghie ad andare a fondo.

Fu un viaggio bellissimo, silenzioso a tratti, in cui ascoltavamo il nostro andare lento oltre i confini delineati dai nostri corpi, sorpassati i quali si diventa una cosa sola. E lo diventammo davvero, ne sono certa. Ci incontrammo a metà strada tra le nostre due città e l'impatto fu emozionante, sincero, puro.

Avvicinando la sua bocca al mio orecchio, Flavio non ebbe paura di sussurrarmi parole d'amore. Anche se non eravamo pronti a dirci nulla che potesse avere l'effetto di scossoni troppo forti per i nostri castelli di sabbia, le cinte murarie che proteggevano i nostri cuori caddero senza difficoltà, e anche io non esitai a rispondere con la stessa intensità, a volume basso, perché volevo che solo lui sentisse che ci stavamo amando così tanto. Così presto. Così.

Passò la notte senza che me ne accorgessi perché caddi in un sonno profondo e stanco, di cui non ricordavo l'inizio. Ne vidi la fine quando, riaprendo gli occhi, mi ritrovai avvolta dalle braccia di Flavio, che emanava il calore di un camino, il suo petto appiccicato alla mia schiena.

«Buongiorno» disse la mia voce stropicciata. Lui mi fissò e sorrise.

«Ho dormito poco, ti ho guardata tutta la notte. Non mi capitava da tempo di dormire con una donna e non riuscivo a chiudere occhio.»

«Mi dispiace, scusami, io sono crollata.»

«Non scusarti, eri bellissima.»

Che sensazione assurda, quella della felicità tra le sue braccia, con le gambe legate alle sue come nodi, i piedi gli uni sugli altri per scaldarsi.

Ci baciammo ancora e poi uscimmo di casa diretti al suo bar di fiducia per un caffè volante e un biscotto secco. Mentre, dietro ai miei grandi occhiali neri, guardavo il mondo con sospetto nell'attesa di un caffè americano, alle mie spalle la voce di una donna mi fece girare di scatto. Era una collega del giornale, che però, fortunatamente, non si accorse di noi, appena caduti dal letto e con l'aria di chi ha trascorso la notte insieme.

Non ero certo una star ma, se si poteva far del pettegolezzo sulla vicina di casa, figurarsi su Anita B., la ragazza che teneva rubriche sulle riviste di mezza Italia. Mi irrigidii e lo fece anche Flavio, voltando le spalle alla figura che avrebbe potuto raccontare di noi in ufficio e, chissà, magari anche in giro per Roma.

Consumammo velocemente la nostra colazione, lo abbracciai e me ne andai di corsa per raggiungere via dei Pettinari. Avevo urgente bisogno di guardarmi allo specchio.

Salii le scale tutto d'un fiato, entrai e mi chiusi in bagno.

Che aspetto ridicolo avevo. Tra le mura di casa, in mezzo ai miei oggetti mischiati a quelli di Jacopo, in mezzo a quelli comprati insieme, avevo un aspetto orrendo.

Allo specchio vidi una donna triste e sola, senza nessun equilibrio, in caduta libera, che in lontananza non trovava alcun punto di arrivo.

Avevo attraversato l'orizzonte degli eventi, oltrepassato il quale non si torna più indietro? Sì. Avevo scandito il mio presente, ormai passato, con delle scelte disoneste. Avevo scelto di essere scorretta, perché quell'amore che sentivo, quel trasporto da mancamenti, giramenti di testa, brividi, vuoti allo stomaco, era una macchia indelebile sul mio candido vestito da sposa.

Quell'amore era nato quando non doveva, dove non doveva. Fuori tempo. Fuori luogo. Il tempismo di Flavio nell'arrivare nella mia vita era sbagliato, perché non c'era spazio per lui e per quella relazione. O forse sì, forse Flavio era riuscito a farsi spazio tra le mie stanze perché aveva trovato aperta la porta di servizio, la stessa dalla quale era uscito Jacopo per lasciarmi riflettere, per poter riflettere pure lui.

Jacopo si era dimenticato di chiuderla a chiave, e adesso eccomi lì, a non saper allontanare quell'uomo che bussava con insistenza.

Ma no, non era certo colpa di mio marito se io non avevo la forza di rimanere ferma davanti ai miei doveri di moglie, di amica, di persona. Davanti allo specchio mi condannai, mi giudicai, mi rimproverai. E promisi che no, Flavio non l'avrei rivisto mai più.

16

Aprile trascorse su un'altalena. Mi spingevo dal basso con le gambe per salire più in alto possibile e quando riuscivo a toccare il cielo con la punta del naso tornavo spietatamente giù. Non trovai mai un equilibrio tra gli alti e i bassi, la mia vita estrema andava a picchi come in un diagramma cartesiano e non sapevo farci molto.

Dinanzi al dovere di fare una scelta l'unica soluzione mi pareva l'immobilità. Eppure, nonostante rimanessi a guardare, giorno dopo giorno, i risvolti delle mie non azioni, nulla rimaneva fermo. Una metà di me era impegnata a sciogliere il garbuglio della mia matassa matrimoniale, che sembrava essersi annodata a tal punto da doverne recidere una parte, e l'altra metà era coinvolta nella velocissima spirale di un amore clandestino che sembrava risucchiarmi dalla realtà per portarmi lì, sul piano dell'incoscienza dove le azioni non hanno conseguenze.

Ma era tutto nella mia testa. Nella realtà le cose rotolavano come in una valanga irrefrenabile che avrebbe fatto morti e feriti.

A lungo stetti in silenzio, negando persino a me stessa quanto buio sarebbe stato il luogo in cui mi stava portando la strada che stavo percorrendo.

Ogni volta che Jacopo tornava a casa, dopo i suoi viaggi di lavoro o i brevi soggiorni a Firenze, trovava una donna diversa. Perdevo parti di me, della ragazza che aveva sposato, per diventare sempre meno sua, sempre più estranea. Per non essere. Avrei voluto cambiare pelle, avrei tinto e tagliato i capelli, buttato i miei vecchi vestiti pur di non riconoscermi allo specchio. Pur di non farmi riconoscere.

Che dolore gigante gli stavo regalando, solo perché non riuscivo a reggere il peso della mia disonestà – e nemmeno quello della responsabilità, che avrebbe dovuto spingermi a raccontargli ogni cosa della mia nuova vita. Ma era davvero quella, la mia nuova vita? No, era solo un'altra vita, un'altra me, un'altra proposizione con altre subordinate.

Trasformai i miei sensi di colpa in rabbia, l'esaurirsi del mio amore per Jacopo divenne una sua mancanza, vidi in mio marito il limite della mia felicità, la gabbia, la fine del mondo alla quale io volevo sopravvivere, a tutti i costi.

Cademmo in un vortice di non comunicazione e di

incomprensione in cui a Jacopo mancava il tassello fondamentale, il terzo incomodo che c'era tra noi. Per questo ogni mio stato d'ansia, di agitazione, di apatia, di insofferenza, tutte le cose più brutte del mondo che una donna può provare in casi di cecità emotiva, veniva interpretato da mio marito con la lettura più semplicistica possibile: "Lo capisco, hai bisogno dei tuoi spazi e di realizzarti appieno, anche con il lavoro".

La sua disponibilità a capirmi, la sua umanità, la sua tolleranza, la pazienza, la grandissima sopportazione davanti ai miei atteggiamenti di chiusura mi fecero capire tre cose importanti:

Jacopo era una persona speciale.

Io ero una stronza.

Non mancava amore tra me e lui. L'amore mancava solo a me.

A lungo non riuscii a immaginarmi senza l'uomo splendido che avevo sposato. Nonostante viversi fosse diventato difficile, nonostante tentassimo di stare il più lontano possibile, dividendoci ogni qualvolta ne avevamo la possibilità, l'idea di separarci mi faceva male quanto un taglio a carne viva in mezzo al petto.

Questo fu il grandissimo limite fra me e Flavio: per lui le cose sembravano correre verso la direzione utopica di uno stare insieme che per me era inimmaginabile, almeno in quel momento. Nonostante riuscisse a ottenere molte più attenzioni di Jacopo, Flavio faceva fatica a immaginarsi ancora secondo, come con sua madre e suo fratello, e mi mandava cuori blu a ogni ora del giorno, su una chat che sembrava essere l'unico luogo in cui poterci immaginare diversi da quello che eravamo in verità: due amanti.

Se solo il mondo di fuori avesse potuto entrare nel nostro tutte le volte che riuscivo a fuggire dalle scale antincendio della mia vita per raggiungere quella parallela. Se solo il mondo ci avesse potuti vedere, su quella Vespa bianca in giro per la nostra Roma antica, con i caschi in testa a proteggerci da ogni catastrofe.

Eravamo onesti in quella bugia, avvinghiati l'uno all'altra da un desiderio d'amore puro, colpevoli per aver sognato la leggerezza della felicità, una leggerezza di cui prima di incontrarci non ricordavamo la sensazione... quella stessa leggerezza che si trasformava in un macigno legato alle caviglie ogni volta che tornavo a casa e non sapevo più volare.

Totalmente scissa tra Jacopo e Flavio, mentre con un braccio mi aggrappavo al primo e con l'altro afferravo il secondo, sapevo che il risultato sarebbe stato uno strappo irreparabile che mi avrebbe ridotta in brandelli.

Flavio insisteva affinché raccontassi di noi.

«Hai detto a qualcuno di noi?»

«No, non ne ho il coraggio.»

«Invece dovresti. Non puoi trattenere ogni cosa pensando di non impazzire, devi poter parlare con qualcuno che non sia soltanto io.»

Mi venne il dubbio che lui si fosse sfogato con qualche amico e, per sentirsi meno in colpa di quel gesto "pericoloso" per la situazione in cui mi trovavo, insisteva perché lo facessi pure io.

«Tu hai parlato di noi a qualcuno?»

Tornò a bruciarmi il petto, mi sentii tradita.

«Sì, a due cari amici. Non riuscivo a tenermi tutto dentro.»

«Avresti dovuto chiedermelo. Si parlerà di me, devo proteggere Jacopo.»

«Nessuno parlerà di te, sono amici fidati con i quali ho sentito il bisogno di sfogarmi.»

Mi si offuscò la vista, mi sentii come un ladro con le spalle al muro, incastrata dalla verità che iniziava a prendere forma anche fuori di noi, sulla bocca d'altri, dentro alle orecchie di altrettanti, fino al cuore di mio marito.

Ricordo che litigammo, mi alzai da tavola mentre cenavamo in un posticino non lontano da casa mia con l'aria di due amici che non sanno fingere di non amarsi, lasciai il piatto pieno di pesce fresco, erano forse dei gamberi crudi e una tartare di ricciola, andai a pagare il conto, perché io pago sempre il conto, e uscii dal locale con la faccia della rabbia, a denti stretti, cercando di capire come fermare quello che ormai stava diventando un destino inevitabile: la presenza di Flavio nella mia vita, quella vera.

Mi misi a piangere, in mezzo alla strada mi misi a piangere, mentre lui si chiudeva alle spalle la porta del ristorante e mi guardava con l'aria stupita di chi non credeva di poter suscitare una reazione simile. La faccia da "che cosa ho fatto?" mi fissava con le labbra tristi e dischiuse, come a voler dire una parola di conforto per tranquillizzarmi.

Evitai il suo sguardo muovendomi avanti e indietro con passi veloci tra i ciottoli della viuzza, a incastrare i tacchi tra una fuga e l'altra di quel pavimento arrotondato, poi lo guardai in faccia con la mandibola minacciosamente serrata, e fu lì che per la prima volta, con una voce rassicurante e gli occhi luminosi, Flavio mi disse: «Andrà tutto bene».

"Andrà tutto bene" divenne per lui il punto da mettere a tutte le mie frasi, cariche d'ansia e di incertezza rispetto a un domani che avrei desiderato non arrivasse mai, perché il domani da me avrebbe voluto delle risposte, una presa di posizione, il domani avrebbe voluto che diventassi grande e invece io ero ancora troppo piccola, e troppo acerbo dentro di me era il frutto di quell'amore per poter decidere di chiudere la mia storia con Jacopo e buttarmi a capofitto in una relazione nuova.

Non fu facile vestire i panni della moglie frustrata che non conosceva il motivo del proprio malessere, mentendo a Jacopo, a mia madre, a mia sorella, ai miei amici. Indossavo i sorrisi più credibili, ma non erano della mia taglia, ci stavo stretta dentro a quei panni finti.

Un pomeriggio raggiunsi Marta in ufficio, con un peso sul cuore che cresceva di giorno in giorno e mi tingeva di nero. Vuotai il sacco. Non fu facile parlarle di Flavio, raccontarle di come ci eravamo conosciuti, delle volte in cui ci eravamo incontrati e di tutto il tempo speso a parlarci, a telefonarci, a prometterci senza mai giurarci nulla. Sapevo che Marta non mi avrebbe mai giudicata, ma conoscevo la mia amica: single per scelta, con alle spalle un fidanzamento che era durato una decina d'anni ed era finito perché lei aveva avuto l'onestà di guardarsi da fuori e, vedendo due persone tristi, aveva deciso di separarle per sempre, nonostante i momenti di debolezza scanditi da qualche ripensamento.

Stavo raccontando dei miei peccati a una che quel genere di peccati non sapeva nemmeno immaginarli.

«Devi dirlo a Jacopo.»

«Non posso, lo ucciderebbe.»

«Anita, nella migliore delle ipotesi qualcuno si farà male, nella peggiore delle ipotesi vi farete male in tre.»

«No, risolverò ogni cosa.»

«Devi dire addio a Flavio, se hai intenzione di recuperare le cose con Jacopo. Altrimenti devi raccontare la verità a Jacopo, e le conseguenze le vedremo da subito.»

Com'era risoluta la mia amica nel pronunciare quelle frasi, con che lucidità descriveva il quadro che avevo dipinto. I suoi occhi grandi e sgranati mi raccontavano di una tela piena di colori sovrapposti, un dipinto astratto in cui l'unico soggetto riconoscibile era il caos.

«Sei innamorata di questo Flavio?»

«No. Non credo.»

«Sei innamorata di Jacopo?»

«Non lo so, Marta, non lo so!»

Quanto era facile fuori di me fare quelle domande, bastava porsi gli interrogativi giusti e dare la risposta, come a scuola con gli esercizi di seconda elementare, in cui bastava accoppiare quesito e soluzione e il compito era fatto. Com'era facile non essere me e vedermi da fuori immersa nel caos, sognando di non perdere nulla restando felice.

Conoscevo la strada per la felicità, avrei saputo arrivarci a occhi chiusi, ma il problema vero era scegliere cosa potesse realmente farmi felice. Non lo sapevo più.

Ebbi la sensazione che Marta mi stesse guardando dall'alto di un labirinto nel quale ero finita e mi stesse suggerendo la via d'uscita dicendo semplicemente: "È di là".

Di là dove? Non sapevo decidermi, ecco la verità. Avrei dovuto rinunciare a qualcosa, e io nella rinuncia non vedevo mai la grande prova di forza di chi sceglie.

Io nella rinuncia vedevo soltanto una gigantesca sconfitta.

17

Flavio era bellissimo.

In punta di piedi, ma con la forza di un uragano, era riuscito a farsi spazio nelle mie giornate e io non sapevo più farne a meno. Nella moltitudine di impegni trovai un equilibrio per poter gestire la mia vita vera e il cellulare, la mia vita altra, che mi avvertiva dei suoi continui messaggi.

Io non ero da meno. Se non lo sentivo mi affrettavo a cercarlo, triste nel caso in cui percepivo un soffio freddo tra me e lui, che ci induceva a irrigidirci negli atteggiamenti.

Di me lui si fidava appena – d'altronde quella sposata che stava tradendo il marito ero io, dunque perché avrei dovuto avere cura di un uomo che conoscevo da poco? Queste erano le sue considerazioni quando perdeva il contatto con la realtà e raggiungeva le alte vette del nervosismo. Non pensava mai che eravamo in due a fare qualcosa di sbagliato: se io fuggivo dalle mie responsabilità coniugali, lui si faceva pochi scrupoli circa il mio legame matrimoniale.

Eppure io, su di lui, non feci mai un pensiero negativo. Mi fidavo.

Non era vero quello che avevo detto a Marta: di Flavio mi ero innamorata. Iniziai a sospettarlo quando gli diedi un nomignolo: spinta dai cuori color del cielo di cui riempiva la chat, a un certo punto per me divenne "Blu".

Non volevo amarlo, ma era capitato. Era capitato che, come un moscerino nell'aria, ero stata travolta da una macchina a tutta velocità e mi ero spiaccicata sul parabrezza. Stavo così, sul parabrezza della sua vita, incerta se sperare che una raffica di vento mi portasse via oppure se rimanere lì, incollata a lui per pura inerzia.

Ma decidere davvero, quello mai.

«Vi lascerete?» mi chiedeva lui, insistente.

«Non ne ho idea.»

«Lo ami?»

«Ci vogliamo molto bene ma sono cambiate tante cose e forse... forse l'amore se n'è andato.»

«Forse dovresti dirglielo.»

«La mia infelicità è motivo di discussioni da molto tempo.»

«Se fossi in lui preferirei la verità a questa separazione momentanea in cui nessuno dei due sa bene che fine farà.»

«E se fossi in me?»

«Se fossi in te direi la verità perché questa situazione ti sta portando all'esaurimento.»

«Certe cose hanno bisogno di tempo.»

«Certo, poi ci conosciamo da poco.»

«La mia crisi matrimoniale prescinde da te.»

«Lo so.»

«Lo sai.»

«Vi lascerete?»

«Non ne ho idea.»

«Andrà tutto bene.»

Era così, ci vivevamo da lontano, condividendo ogni stupida informazione delle nostre vite e poi, ciclicamente, tornavamo a quel bivio, ripiombavamo sulla terraferma e cercavamo un appiglio stabile, delle risposte, delle certezze che io non sapevo dare nemmeno a me stessa, figurarsi a lui.

Il luogo in cui vivono gli amanti è il limbo, un posto che è sì privo di pena, ma anche di felicità. Noi vivemmo nel limbo per molto tempo, nell'amarci non potevamo mai permetterci di amare fino in fondo, nel sognare non potevamo mai sperare di realizzare un sogno, nell'averci non ci appartenemmo mai.

Per me non fu difficile rimanere ancorata alla realtà: si palesava in ogni mattonella del pavimento di casa, in ogni cornice con le foto di me e Jacopo, nel mazzo di fiori divenuti secchi in cucina, negli armadi condivisi, nei dischi comprati insieme, nei regali di Natale, tra le bollette da pagare, in ogni post-it lasciato sul frigo e in ogni scaffale che c'era dentro, tra i succhi di frutta alla pesca che beveva solo lui. Ogni angolo della mia vita mi ricordava cosa stava succedendo, malgrado continuassi a ripetermi, con ingenuità: "Andrà tutto bene".

Questo non accadde a Flavio, che dimenticava, o fingeva di dimenticare, la mia fede all'anulare sinistro, spesso avanzando pretese e chiedendo dimostrazioni d'amore che io non potevo, e forse neppure volevo, concedergli. Probabilmente gliele avevo già date, per tutto il primo periodo fatto di entusiasmo e farfalle nello stomaco, sicurezze e attenzioni che, man mano, erano scemate rendendolo così insicuro. Fu l'insicurezza lo stato d'animo di cui si scusò dopo l'ennesima sfuriata di gelosia al telefono (aveva visto che seguivo sui social due attori che avevo conosciuto qualche sera prima, a una cena di lavoro). Mi disse che ero un'arrivista, che da un po' aveva notato una certa mia smania nei confronti di ragazzini carini e famosi e che lui si sarebbe messo da parte serenamente se io avessi avuto altri interessi.

"Mi sembra che tu non veda l'ora di farti notare da questi maschietti un po' tronfi e sulla cresta dell'onda. Me ne sono accorto e non mi piace. Non ho bisogno di certe cose nella vita, mi dispiace."

Quelle parole arrivarono dritte nella memoria del

mio cellulare e nella bocca del mio stomaco, che si chiuse definitivamente mentre cenavo con gioia insieme a delle amiche.

Mi allontanai da tavola un secondo per leggere il messaggio, e la sua rabbia improvvisa questa volta mi offese. Per quale assurdo motivo dovevamo discutere di chi seguivo sui social? Perché qualche ora prima ci eravamo salutati con un sorriso e adesso, a sorpresa, mi ritrovavo all'interno di un litigio che ci avrebbe soltanto imbruttiti, rovinando l'appetito a entrambi?

Era la cosa che sapeva fare meglio, dopo il sesso: rovinarmi i momenti di gioia, con un tempismo che mi lasciava a bocca aperta ogni volta che arrivava da me con spada e scudo, pronto a battagliare a causa delle sue paranoiche insicurezze.

Trasformava dei granelli di sabbia in valanghe dalle quali era impossibile non essere travolti, e quando lo faceva io reagivo portando alla luce tutti i nostri lati incompatibili, illuminando i nostri incastri sbagliati come due pezzi di puzzle che sembrano poter stare insieme ma invece no, il disegno è un altro.

«Sei qualcosa che mi fa male, non capisco perché non ho la forza di chiudere con te» mi disse una sera di maggio.

Nemmeno io riuscivo a sbattergli in faccia la mia porta di servizio, e solo il cielo sa quanto avrei voluto trovare la forza di farlo, dopo tutti gli episodi in cui mi aveva messa in discussione per ogni cosa, mortificata per ogni commento sui social, aggredita verbalmente perché magari certe confidenze che mi prendevo con alcuni colleghi o conoscenti erano atteggiamenti da poco di buono, secondo la visione distorta che aveva del mondo. E di me.

Gradualmente Flavio divenne ai miei occhi un uomo da amare perché non avrei saputo fare diversamente, ma da cui difendermi perché tutto quello che avevo adorato di lui sin dal primo istante – le attenzioni, la costante presenza nella mia vita nonostante tutto – si era trasformato in una strana angoscia. Vivevo nel timore di sbagliare, da quando avevo notato che ogni mio movimento in rete non gli sfuggiva. Non gli sfuggivano i miei like, i miei commenti, i follower che avevo e i profili che iniziavo a seguire. Non gli sfuggiva la mia presenza su WhatsApp e dopo quanto tempo, nonostante fossi online, rispondevo ai suoi messaggi.

Iniziai a misurare ogni mio gesto, modificai il mio stare al mondo, pur di non dare adito a discussioni che non avevo la forza di affrontare tra lo stress del lavoro, quello della mia complicata situazione familiare e quello di un amante che no, non era un amante, era un amore vestito da relazione extraconiugale sotto cui si celavano due bambini che giocavano a fare i fidanzati.

Anche Marta si accorse che fra me e Flavio le cose

erano diventate grandi e forse ci stavano sfuggendo di mano.

Una domenica a pranzo la mia amica notò il malumore che mi trascinavo dietro. Decisi di condividere con lei le parole del cretino di cui mi ero innamorata, o mi stavo innamorando, o quel che era insomma. Non sapevo dare un nome a quel che c'era tra noi, sapevo soltanto che non eravamo in grado di stare distanti, eravamo appiccicati come con la colla.

«Ma ti sei innamorata.»

«Ma va...»

«Anita, questi sono litigi fra innamorati.»

«Non so se sono innamorata, mi piace molto ma mi fa incazzare come poche persone al mondo.»

«Sì, sei innamorata.»

In quel periodo Marta era il mio unico specchio, non volevo vederne altri. Non volevo vedere il riflesso delle mie mille me in agitazione, non avevo bisogno di sentirmi ulteriormente sbagliata. Ero consapevole dei miei errori, ma nell'equazione della mia vita non riuscivo a individuare in quale passaggio si trovassero, e dunque non potevo correggere il risultato. Era un più o un meno che non avevo visto? Quale calcolo mi sfuggiva? Avevo fatto una moltiplicazione a mente peccando di presunzione, quando sarebbe stato bene utilizzare una calcolatrice?

Se si trattava di amore e faceva male, se si trattava

di un'addizione con i risultati di una sottrazione, allora c'era qualcosa di sbagliato e andava corretto.

Nel frattempo, le mie assenze nel registro di famiglia divennero sempre più frequenti. Mia madre era lo specchio più doloroso di tutti, quello che non mi avrebbe negato la verità per nulla al mondo, anche a costo di ferirmi; così evitai a lungo di riflettermi nei suoi occhi, oramai costantemente in pena per quel mio inguaribile orgoglio che, per come la vedeva lei, mi spingeva sempre più lontana da Jacopo.

«Tu, pur di non andare a fondo nelle situazioni scomode, volti pagina.»

Come spiegare a mia madre che non ero orgogliosa, ma solo una vera e propria incosciente che, anche se di solito voltava pagina pur di non affrontare fino in fondo le situazioni scomode, in questo specifico caso sembrava aver cambiato quaderno, aveva lasciato a casa la matita e si era messa a scrivere nero su bianco, con la penna, cose che ormai non c'era più modo di rimuovere?

"Oramai" era la parola che usavo di più, quando mi fermavo a riflettere sul mio sinistro amoroso: oramai non ci si poteva dire "facciamo il CID", oramai, iniziai a temere, bisognava chiamare i vigili, e io davvero non ne avevo voglia.

Così, per molto tempo, divenni invisibile ai miei, a Jacopo, agli amici e a me stessa, nascosta assieme a Flavio in quel limbo che, si sa, è il bordo dell'inferno.

18

A maggio i miei impegni lavorativi si triplicarono, tornai a New York per un paio di pubblicazioni su «Vogue», accompagnai Franca Sozzani per una collaborazione made in Italy con la rivista per l'edizione statunitense. Marta mi chiese di seguire la sezione di moda del suo giornale e «Rolling Stone» mi diede uno spazio mensile per accogliere i poveri reietti dell'amore, un piccolo muro del pianto che decisi di chiamare "La crosta del cuore".

Mi parve giusto che altro caos si aggiungesse a quello che abitava le mie stanze, ma almeno in questo caso si trattava di addizioni che mi rendevano felice e appagata, ed economicamente mi fecero tirare dei profondi respiri.

Ciò nonostante, ogni cosa pareva andasse alla velocità della luce, senza illuminarmi abbastanza.

Mi divisi fra Roma e Milano quasi quotidianamente,

trascorsi più ore in treno che altrove ma mi pesò poco perché riuscivo a concentrarmi su me stessa, sulle mie passioni, a focalizzare ogni mia energia su un lavoro che, finalmente, mi gratificava molto.

Jacopo, davanti ai miei continui spostamenti e al desiderio di rimanere da sola con i miei impegni, si fece da parte un pezzettino di più, sempre di più, come quando senza lamentarsi mi cedeva tutto lo spazio necessario nel letto, durante le notti in cui il mio corpo assumeva la posizione dell'uomo Vitruviano. Lui era così, non mi avrebbe trattenuta con la forza per nulla al mondo. Mi aveva giurato, mesi prima del matrimonio, che per me non sarebbe mai stato una catena, ma un compagno di vita, pieno di comprensione. Accettava l'andare feroce degli eventi con una pacatezza che mai avevo visto: sin da piccola ero abituata in casa a temperature altissime, e il suo modo di affrontare noi due, a testa alta e con gli occhi carichi di malinconia, mi lasciava di sasso.

Decise di rimanere a Firenze sempre più spesso e accettò molti lavori all'estero, spinto, plausibilmente, dal mio stesso desiderio di non pensare a niente.

Non passò giorno in cui io e Flavio non ci sentissimo tramite messaggi o videochiamate. Le nostre abitudini rimasero invariate anche se, a causa degli impegni di entrambi, sebbene vivessimo nella stessa città alle volte sembrava quasi impossibile incontrarsi.

Facevo una gran fatica per riuscire a essere presente come avevamo fatto sempre, attraverso ogni diabolica invenzione che potesse tenerci in contatto, e farci condividere ogni genere di notizia, di immagine, di emozione... ma nonostante tutto, Flavio trovava comunque il modo per lamentarsi di quel rapporto, che per lui non era mai abbastanza.

Come biasimarlo, non aveva torto: non era certo un rapporto normale il nostro, due amanti che non si sentono tali ma che a conti fatti lo sono e che, oltre la menzogna, esistono quasi solo dietro agli obiettivi dei loro smartphone.

I litigi divennero sempre più frequenti e perdemmo un po' della luce che ci aveva accompagnati all'inizio. Ci mandammo a fare in culo un numero indefinito di volte e lui, litigio dopo litigio, si prese delle confidenze verbali che poco mi piacquero. La sua gelosia conosceva un registro volgare che lo dipingeva improvvisamente di nero, trasformandolo in un altro uomo, povero di spirito, meno gentile del Flavio di cui mi ero innamorata.

Mi mostrò parti di sé che mi spaventarono non poco. In fondo noi due, presi dalla passione dei nostri corpi e dall'istinto irrefrenabile di sopravvivere alla noia ricercando nuovi stimoli, ci eravamo catapultati nelle rispettive vite senza saperne nulla, spogliandoci di ogni paura, se mai ne avessimo avute, e presi dal desiderio di scoprire il mondo ci eravamo messi a nudo lasciandoci leggere le cicatrici, la pelle, la mano.

Nemmeno due mesi dopo, eccoci uno di fronte all'altra per riconoscerci a modo nostro, per ricordarci leggermente diversi, nei modi, nelle abitudini, nelle pretese.

Le pretese di Flavio erano grandi, ma lo erano ancor di più le sue aspettative. Sapeva coniugare la vita al futuro come io non facevo da troppo. Per un solo istante ero riuscita a immaginarmi al suo fianco nel tempo di domani: all'inizio, quando avevo visto in lui tutto ciò che non avevo accanto a me, e avevo pensato di amarlo così tanto da rivelarglielo. «Ti amo» gli avevo detto, o forse era stato lui a farlo per primo, ma il punto è che glielo dissi. Che sensazione strana mi diede quella parola pronunciata dalla mia voce mentre i miei occhi guardavano lui, Flavio, e non Jacopo, e non Filippo.

Flavio.

Non mi chiesi mai se quella confessione fosse stata sincera, ma mi piaceva immaginare che se avevo avuto il coraggio di dirglielo allora sì, era reale.

Questo "ti amo" camminò sulle sue gambe per un po', poi, man mano che il tempo passava, e passava tra di noi lento, svanì oltre un sentiero, dietro a una collinetta in mezzo alla foschia della notte blu.

Blu era anche lui, che non smise mai di sembrarmi bello, anche quando quel "ti amo" non riuscì più a trovare la strada del ritorno. Non c'erano briciole di pane che lo riportassero a me, eppure questo non mi rese mai davvero triste: andai oltre, insieme agli impegni e alle mie calamità emotive.

Lui no, si fece prendere dallo sconforto, e ogni occasione gli tornava buona per trascinarmi in un vortice di questioni interminabili, in cui mi dipingeva come un mostro cinico e insensibile, oppure come una ragazza facile in cerca di attenzioni da parte di ogni uomo nel raggio di un chilometro.

Erano discussioni da mal di testa in cui, sistematicamente, dovevo difendermi da attacchi ingiusti. All'inizio tentavo di rassicurarlo sul fatto che no, non era come pensava; in seguito, perso anche l'ultimo granello di pazienza, lo mandavo a quel paese abbassandomi al suo livello, perché la testa cedeva e con lei crollavano l'educazione, il rispetto e il filtro per gli insulti.

Trascorrevamo quindici delle ventiquattr'ore di una giornata su una maledettissima chat, che fosse per amoreggiare o per litigare poco importava. Stavamo davanti a quello sfondo verde a fonderci il cervello e, quando le discussioni si facevano accese, con i pollici di fuoco iniziava la gara a chi scriveva per primo e con maggior fermezza.

Da fuori, mi rendo conto, vedermi accanire contro un piccolo schermo luminoso doveva essere molto imbarazzante, mentre digrignavo i denti e muovevo le labbra strette, come se dovessi pronunciare le parole da dentro la mia bocca per farle uscire dai polpastrelli, che battevano veloci sulla tastiera. Spesso respiravo in modo affannato, sbuffavo. Il tutto in mezzo a persone che non potevano sapere di noi due, e con le quali dovevo mantenere una certa compostezza, perché spiegare che stavo litigando per un nonnulla con quel cretino del mio amante, no, quello non si poteva.

Marta, per esempio, mi guardava storto e mimava un "basta" con la "a" finale molto lunga, "Bastaaaa", così.

Però davvero non riuscivo a ignorare gli insulti gratuiti e le insinuazioni volgari che Flavio non solo pensava, ma non aveva il minimo pudore per trattenersi dall'esprimere, con l'aggravante che quando certe cose le scrivi non puoi dire che ti sono sfuggite, perché hai sempre la possibilità di cancellarle prima di premere invio.

Come quella sera in cui tre colleghi e Marta mi avevano taggata in una foto insieme a loro su Instagram, e al mattino dopo mi ero svegliata, in hotel a Milano, con uno screenshot e il buongiorno di Flavio che recitava: "Beata fra gli uomini. Fatalità, sei scomparsa ieri".

Non contento, aveva continuato augurandomi cento di quegli uomini tutti i giorni della mia vita, così avrei avuto la possibilità di scegliere. Come sempre, avevo dovuto tenere ben saldi i nervi, aggrapparmi a ogni cosa pur di non perdere le staffe. Ed era ricominciata, come ogni volta, la tarantella in cui, in un botta e risposta serrato, lui si umiliava cadendo in basso con pensieri banali e sessisti, e io mi umiliavo rispondendo e tentando di spiegare che non era assolutamente così, cedendo alle sue stupide provocazioni quando tutto quello che avrei dovuto fare era spegnere il mio cellulare e ignorarlo, possibilmente per sempre, come meritavano quelle asserzioni ingiuste.

Spinta dall'esasperazione, feci quello che in una notte di aprile aveva fatto lui con me: lo bloccai su WhatsApp, su Instagram e su Facebook.

Il silenzio mi parve la cosa più bella del mondo.

Lasciai il cellulare sul comodino, feci una doccia bollente, poi mi truccai, mi vestii, presi i miei effetti personali, cellulare compreso, e raggiunsi alcuni colleghi.

Libertà. Libertà di tenere la suoneria ad alto volume sapendo che il suono regolare e ossessivo dei suoi messaggi non avrebbe potuto raggiungermi. La leggerezza delle mani libere dal cellulare, libere di gesticolare durante le conversazioni con gli amici, con i colleghi, di pagare il caffè con la sinistra e berlo portando la tazzina alla bocca con la destra.

La felicità di ascoltare una conversazione rimanendo nel presente tangibile, concreto, senza il pensiero di dover controllare i messaggi e di dover rispondere in fretta, per non tornare nel mondo della guerra, fatto di offese e giustificazioni, un mondo che mi rendeva grigia e di cattivo umore.

Il cattivo umore che magicamente, spento l'interruttore delle cattive maniere, chiuso l'occhio del grande fratello, non c'era più. Non mi sentivo osservata, mi muovevo senza il timore di un giudizio.

Poi era arrivato il suono della ricezione di una mail.

"Anita, sblocca il numero. Ti prego."

Sbloccai il numero.

L'amore al tempo della rete assomigliava più a un'ossessione che a un sentimento puro.

19

Quando ero piccola il mese di maggio mi entusiasmava come dicembre per il Natale. Maggio era il mio tempo, il tempo in cui avevo visto la luce, e il 26 era il mio giorno, il giorno dei palloncini colorati, i festoni appesi al muro, l'odore caldo che usciva dalla cucina per la festa della sera, il vestitino nuovo, i regali da scartare.

Il completino di Laura Biagiotti con la gonna rossa e la maglietta bianca con dei disegni, rossi anche quelli. La coda alta e i capelli tutti tirati indietro con chili di lacca Splend'or, i ciuffetti laterali sfuggiti al tentativo di mia madre di vedermi in ordine e subito ripresi con la mano piena di saliva, e guai a lamentarmi. Il gel no? «Ti ho fatta io!!!» gridava. Dunque, se mi aveva fatta lei, dovevo subire quelle carezze forti e insalivate sui capelli. Poi la tavola apparecchiata con bicchieri colorati, piattini colorati, posate colorate. Le patatine, i salatini, le pizzette, i panini dolci con salame e formaggio, i tramezzini al prosciutto cotto e maionese, le olive verdi e i cubetti di formaggio per le mamme dei compagni, ma le olive le mangiavo anche io. Ricordo quella volta che, dopo averne presa una, mi infilai l'ossicino dentro alla narice destra, così per provare, e dovettero estrarlo lentamente con una pinzetta, credo lo fece la nonna. L'attesa della festa era carica di un'ansia che ricordo d'aver provato da grande solo la notte prima dell'esame di Storia Romana, il cui primo tentativo (sì, furono due) finì con: «Non me la sento di darle un voto basso, ritorni la prossima volta».

Quell'agitazione da giorno prima dei festeggiamenti la persi man mano che passarono gli anni. Il mio compleanno, quando le candeline sulla torta erano soltanto sei e non si sapeva bene come metterle, talmente era grande la distesa di panna e frutta, arrivava con una lentezza che non credevo potesse esistere al mondo. Ma quando di anni ne dovetti compiere trentuno, e come candeline optai per due numeri piazzati su una tortina «piccola, che siamo tutti a dieta», mi parve che il tempo fosse volato.

Così arrivò anche quel 26 maggio, senza che me ne accorgessi.

Atterrai a Roma di ritorno da Parigi e corsi a casa, dove c'era Jacopo ad aspettarmi. Al mattino ero riuscita a sentire Flavio, ma poi tra check-in e voli mi ero persa tra gli inviti a una festa che avevo organizzato in quattro e quattr'otto.

Corsi a comprare affettati, formaggi, pizzette e grissini, tutto l'occorrente per l'insalata di riso e per una pasta fredda, olive e patatine, Coca-Cola e Fanta come alla festa delle medie, innumerevoli birre e del buon vino rosso. Presi una torta dal bancone dei dolci del minimarket – con i due numeri sopra sarebbe parsa una bella torta di compleanno.

Jacopo fu splendido, nonostante il nostro rapporto sbriciolato come una crostatina nello zaino sotto i libri di scuola. Ci sentivamo così, sminuzzati, eppure in quel frangente rimanemmo uniti grazie al suo gigantesco amore. Mi aiutò a parare a festa la tavola, mise gli affettati sui taglieri e dispose i formaggi su altri, ridusse i würstel a rondelle per l'insalata di riso e ripulì dove sporcavo io durante la preparazione di paninetti e pizzette. Era da un po' che sistemava laddove io sporcavo, dove lasciavo il caos lui provava a mettere ordine. Ma non poteva durare per sempre, anche perché, a dirla tutta, il caos era tutto quello che desideravo e non volevo che qualcuno mettesse mano nel mio disordine, perché ciò che era sottosopra per gli altri, per me aveva un equilibrio rassicurante.

I nostri amici arrivarono intorno alle ventuno e io da quando ero atterrata non ero riuscita nemmeno a farmi una doccia, pur di organizzare una festicciola decente.

Fu strano trascorrere del tempo tutti insieme. Eravamo strani noi in mezzo alle persone che ci volevano bene e che adesso ci vedevano totalmente scollati, a disagio nei panni di marito e moglie che, in verità, non vestivamo da tempo.

La sera trascorse tra i saluti e gli onori di casa, le chiacchiere e gli aggiornamenti sulle vite di tutti, i racconti degli ultimi tempi con chi non vedevo da molto. Abbandonai il cellulare e lo recuperai solo a metà serata, quando tutti avevano preso confidenza con la casa e con gli altri ospiti e mi sentivo sollevata dalla responsabilità di fare da collante tra gli amici.

Un po' in disparte, mi misi con le spalle al muro affinché nessuno mi sorprendesse a leggere i messaggi di Flavio. Ma sarebbe bastato guardarmi in faccia per capire che quello che stavo leggendo mi aveva ferita, perché mi rabbuiai in un istante.

Perché io non dovevo essere felice, non lontano da lui. Quindi poco importava che fosse il mio compleanno, lontano da lui non c'era giorno da celebrare né candeline su cui soffiare né torta da mangiare. Lontano da lui doveva esserci solo la tristezza e io no, non l'avevo, e per questo dovevo essere punita.

"Sono contento che stiate facendo le cose insieme. Spero per te che sia l'inizio di una nuova fase, non so che dirti" mi aveva scritto, in risposta alla mia latitanza delle ultime ore causa preparativi con Jacopo.

Insistette con le sue lamentele per un po', poi smisi di leggere, lasciai il cellulare lì dove lo avevo trovato e tornai alle persone che desideravano vedermi sorridere.

Dopo aver cantato "Tanti auguri a te" e soffiato sui miei trentuno anni di vento e di caos, che mi avevano scompigliato i capelli e portato alla mia terza decade un po' storta ma in fin dei conti felice, scartai i regali bellissimi dei miei pezzi di cuore lì pronti a festeggiarmi, li baciai uno a uno e dopo qualche bicchiere ancora finì la festa, con i piatti già lavati dalle amiche più attente e i sacchi della spazzatura portati giù dopo i saluti.

Rimase il silenzio in casa, e non c'è cosa più bella dopo il frastuono. Io e Jacopo ci abbracciammo, forse lo ringraziai per avermi aiutata con i preparativi. Se non lo feci fui davvero una stupida.

Quando entrai in camera da letto vidi il luccichio di un pacco accanto al mio cuscino. Con un'espressione infantile di felicità mi avvicinai per afferrarlo e mi accorsi che era davvero pesante, ma, per quanto mi sforzassi di indovinare, non riuscivo a immaginare di cosa si trattasse.

Jacopo sorrise. Il sorriso più bello del mondo era davanti ai miei occhi e io non lo vedevo.

Scartai il pacco e non riuscii a trattenere l'emozione. Era un Devoto-Oli, il dizionario della lingua italiana. Si era ricordato della mia passione per i dizionari, un passatempo strambo che mi faceva sfogliare le pagine del vocabolario annusando l'odore buono che solo la carta ha.

«Lo Zingarelli dalla copertina rossa non lo fanno più, e comunque non sarebbe aggiornato. Ho trovato questo.»

Si ricordava anche del mio desiderio di recuperare lo Zingarelli di mio padre, che però non avevo mai avuto il cuore di portar via a mia madre, che lo custodiva gelosamente.

«Buon compleanno, Anita.»

Sorridendo, spensi la luce della mia abat-jour. Scrissi a Flavio solo quando era già la mezzanotte del 27 maggio: "Buon compleanno... è già il tuo giorno".

Chiusi gli occhi e sperai che l'angelo che mi dormiva a fianco potesse perdonarmi per quel dolore che non sapeva di ricevere.

Quando li riaprii, Jacopo aveva già rifatto il suo borsone.

«Dove vai?»

«Devo assolutamente terminare un lavoro a Firenze. Poi nel fine settimana parto per Madrid, per un nuovo fumetto.»

Non sapevo più niente di mio marito. Ormai condividevamo soltanto il Google Calendar per sapere in che parte del mondo ci trovassimo e quali fossero i nostri impegni, in modo da organizzare, di tanto in tanto, un incontro che ci facesse ricordare di che colore avevamo gli occhi. Così, con un bacio tiepido a occhi aperti, mi salutò e uscì di casa chiudendo la porta dietro di sé. Le lacrime agli occhi le nascose, forse gli caddero giù dalle guance mentre scendeva le scale, ma non lo seppi mai.

Erano le nove del mattino, la stanza illuminata dal sole di Roma di fine maggio, una luce gialla che tagliava le mie coperte attraversando le imposte semiaperte della finestra della camera da letto. Allungai il braccio e senza guardare afferrai il cellulare esattamente lì dove l'avevo lasciato, sul comodino.

Nessun messaggio di Flavio. Dopo aver letto i miei auguri non aveva risposto.

Era arrabbiato perché avevo trascorso il mio compleanno lontano da lui, confermando il suo ruolo di amante.

Gli scrissi per rompere quel silenzio e per scusarmi se la mia mancanza di attenzioni e la mia lontananza l'avevano ferito. Capivo quanto fosse dura la sua posizione, desiderarmi e rimanere fuori dalla mia vita non doveva essere semplice e chissà come aveva passato quel giorno in cui io avevo addobbato casa per una festa alla quale lui non era invitato.

Glielo scrissi, ma rispose con durezza. Mi portava rancore per essere stata con mio marito, per la mano che mi aveva dato a organizzare la cena. Temeva che le cose tra noi si stessero sistemando, senza capire che tra me e Jacopo era tutto un vero disastro.

Poi avanzò una serie di dubbi: era davvero molto strano che Jacopo non sospettasse nulla di noi e che fosse tanto tranquillo rispetto alla situazione che vivevamo in casa. Non capii a cosa stesse alludendo, forse credeva che non gli avessi raccontato tutta la verità, forse davvero immaginava che interpretassi il ruolo della mogliettina innamorata a casa e quello della fidanzatina con lui.

Non potei fare altro che smettere di giustificarmi, di spiegargli, di tranquillizzare i suoi deliri. Aveva una fantasia invidiabile.

Me ne stetti in silenzio per tutto il giorno e rimisi in ordine l'armadio, che dopo i miei innumerevoli viaggi, il mio solito prendi e posa senza piegare mai, aveva un aspetto disumano. Solo i pazzi creano quel genere di disordine, quindi mi diedi una mossa per ripristinare la normalità – almeno nel mio guardaroba.

Si fece sera. Ancora nel silenzio, cenai con delle fette di tacchino alla griglia quasi in piedi. Quel modo solitario di mangiare lo avevo sempre avuto, molto sbrigativo, senza apparecchiare, tanto non c'era nessun piacere conviviale nella solitudine. Accesi la tv e sprofondai sul divano in un'imbarazzante tenuta casalinga.

Non feci in tempo a scegliere un canale per la serata che il mio cellulare squillò.

Flavio. Mi stava chiamando.

«Ciao.»

«Scendi?»

«Scendo?»

«Sì, dài, scendi?»

«Scendo.»

Era sempre un cercare di capirsi al volo, poche parole e chiare. Corsi verso la camera da letto, mi misi un paio di jeans e una maglia, ma presi anche un giubbotto, che la sera faceva ancora freschetto. L'ascensore invece delle scale, per guadagnare tempo e potermi specchiare mentre scendevo. Spalmai un po' di rossetto sulle labbra e ripassai il fard sulle guance. Quando uscii dal portone, davanti al mio civico di via dei Pettinari c'era Flavio sulla sua Vespa bianca. Certo non era un cavallo, ma lui aveva tutta l'aria di un principe.

«Sali» mi disse, e a tutto gas sparimmo da sotto casa mia verso lungotevere dei Tebaldi, costeggiammo il fiume fino a piazzale delle Belle Arti, poi a destra su viale Tiziano sempre dritto, oltre piazza Apollodoro, oltre il palazzetto dello sport, fino a Ponte Milvio, attraversato il quale proseguimmo su via della Farnesina.

Fu un viaggio di circa una trentina di minuti in mezzo al traffico estenuante: a Roma sai quando parti ma non sai mai quando arrivi, decide lei per te.

Non mi pesò stargli abbracciata e stringermi forte alla sua schiena, se avessimo dovuto viaggiare per sessanta minuti non mi sarebbe pesato ugualmente.

Non ci vedevamo da qualche tempo e quel contatto

parve ristabilire una pace che sembravamo aver perso dopo gli atteggiamenti di prepotenza che aveva assunto durante tutti i nostri litigi. I litigi, adesso, non li ricordavo più: quando stavo con lui non ricordavo più niente, e assumevo l'aria inebetita che avevo anche adesso, al semaforo rosso, mentre lui guardava lo specchietto per ritrovarmi e diceva: «Quanto sei bella Ani'!».

Flavio aveva il profumo della primavera sul collo, trentacinque anni e una forza negli occhi che mi agganciava a sé, mi incatenava al suo cuore.

Scesi dalla Vespa, sotto casa sua, mi diede un bacio lungo il tempo di un respiro trattenuto e poi mi fece strada oltre il cancello, verso la porta del palazzo, su per le scale, e davanti all'entrata mi cedette il passo.

Era buio nel living, non si vedeva un accidenti, poi lui accese le luci illuminando a giorno l'intero appartamento e lo vidi lì, un cucciolo di basset hound di appena due mesi, agghindato a festa, con un nastro rosso attorno al collo e un biglietto con su scritto: "Buon compleanno, Anita. F.".

20

Napoleone era un cane splendido, ma un dono assolutamente inopportuno per la condizione in cui ci trovavamo, in cui mi trovavo. Come avrei fatto a tenere un cane? Come lo avrei giustificato a Jacopo e alla mia famiglia? Flavio era d'accordo, e mi disse che sarebbe stato lui a tenerlo a casa sua, io l'avrei potuto vedere tutte le volte che volevo.

«È una promessa» mi disse. Quello non era un regalo, era un legame, e io non ero sicura di voler passare da un legame a un altro senza mai realizzare il mio desiderio di indipendenza. Dov'era finita la me cinquantenne tutta sola in una stanza dalle pareti verde salvia? Avevo ancora quell'immagine dentro, non l'avrei lasciata sbiadire.

Partii per Venezia insieme a Marta per vedere gli ultimi residui della Biennale, mi persi tra ponti e calli e presi le distanze da tutto.

Avevo bisogno del mio tempo per digerire quella proposta di futuro. Perché di questo si trattava, no? Flavio ci stava già proiettando in un domani a cui io non volevo pensare.

Marta, il mio gemello buono, il mio specchio ambulante, la voce scomoda delle mie verità, capì bene in che punto del labirinto mi trovavo, mi guardava aggirarmi come un'anima in pena. Ma, sebbene vedesse l'uscita, sapeva che solo io potevo portarmi via da quei vicoli ciechi. Così fece l'unica cosa che poteva: mi prese per mano e mi portò a vedere Venezia da vicino.

Una sera, grazie a una coppia di suoi amici, facemmo un giro in barca. Io non l'avevo mai fatto, un giro in barca, non avevo mai poggiato braccia e mento sul bordo di una barchetta come si fa quando si è a tavola da piccoli e si guarda la televisione. Figurarsi a Venezia, sul Canal Grande, mentre la sera inghiottiva la laguna e chi s'è visto s'è visto. Intanto che l'acqua scorre, Venezia non si accorge di te, troppo impegnata a mantenersi eterna: se spegnessimo questo e quell'altro motore, se spegnessimo certe luci e accendessimo le candele, sarebbe un attimo, un batter d'occhi ritrovarsi a cinquecento anni prima.

Tu passi, Venezia resta. Questo ti insegna il Canal Grande. Io sono Grande, tu no.

Io in barca non c'ero mai stata e mi chiesi perché. Era meraviglioso. Tutto passava così come passa l'acqua, ogni male, ogni peso annegava sotto il Canal Grande tagliato dalle gondole. La Basilica di Santa Maria della Salute non ci notò nemmeno mentre pareva dire: "Cosa essere tuuuu?" come il Brucaliffo davanti ad Alice.

Andammo oltre, arrivò la sera più blu, tra le calli calò il silenzio e il tempismo di Flavio nel ferirmi, dopo una giornata serena trascorsa a cercare me stessa lontano da casa, non mi sorprese.

Ancora una volta la discussione partì da chi seguivo su Instagram e poi, dopo un bel paio d'ore sprecate a tranquillizzarlo senza riuscirci, si finiva con le sue insicurezze che venivano allo scoperto, come le ferite quando si tolgono le bende per disinfettarle.

Solo che quella volta io ero davvero stanca. Ero davvero stanca di non potermi fermare a pensare che piega assurda stava prendendo la mia vita, con un marito splendido con il quale le cose erano diventate un disastro, un amante e, dopo il compleanno, anche un cane. Avrei voluto fermarmi a riflettere, fare ordine, ritrovare un equilibrio, e invece no. Dovevo giustificare le mie azioni, dovevo spiegare il perché di alcune scelte prettamente lavorative, dovevo consolare Flavio in tutti i suoi momenti di depressione, dovevo tentare di rimanere integra almeno rispetto a quel trittico mai desiderato, mentre mi ritrovavo nell'assurda situazione di dover spiegare al mio amante per quale motivo mio marito era tornato a casa per trascorrere il mio compleanno con me.

Avrei voluto uscire da quel quadro astratto al più presto. Capivo la posizione scomoda in cui si trovava lui, dover ricevere le briciole quando avrebbe voluto mangiare l'intera torta, ma io non potevo. Le pretese che avanzava non tenevano mai conto del mio matrimonio. Avrei dovuto dargli di più e sì, forse avrei anche potuto, ma oramai non lo volevo. Non volevo incastrarmi in quegli atteggiamenti possessivi per sentirmi ancora di qualcun altro e mai mia. Soprattutto, non avevo promesso a nessuno, se non a mio marito, il mio per sempre; e, considerato che quel patto era stato disatteso, decisi che mai più avrei giurato d'amare in eterno senza incrociare le dita.

Sforzandomi di dimenticare frasi come "Magari a Venezia incontri qualche tipo interessante" o "Io valgo vita e gioia, non morte e minimalismo", gli tesi una mano per porre fine all'ennesimo litigio, che aveva rovinato anche il mio breve soggiorno veneziano ferendomi come al solito. Mi aveva fatto venire i conati di vomito, talmente era forte la nausea per i suoi modi aggressivi.

Come riuscisse a esercitare così tanta forza su di me rimase sempre un mistero. Mi lamentavo spesso del fatto che l'unica cosa che si sarebbe meritato davvero era quella di non vedermi né sentirmi mai più. Lo meritavo io, che dovevo sciogliere i miei nodi, e lo meritava lui, che avrebbe potuto trovare la ragazza perfetta che mi rimproverava di non essere.

Quante volte mi paragonò a Camilla non lo ricordo nemmeno. Camilla – la povera ex fidanzata cornuta non una ma un miliardo di volte, con un miliardo di donne – era una ragazza a modo, gentile, discreta, sempre sulle sue, probabilmente attenta a eseguire le volontà del fidanzato possessivo e geloso (ma questo lui non me lo disse mai).

«Tu non vali nemmeno un decimo di quanto vale Camilla» mi sibilava nei momenti di rabbia pur di ferirmi. Bene, fosse anche stato vero (perché no?), lui rincorreva Anita, la sottoscritta, e non Camilla, che, nonostante lo avesse amato, da lui aveva ricevuto soltanto la sua ombra e la sua disonestà. Quando io scivolavo via dal suo controllo come una saponetta bagnata tra le mani, riportava in auge la ragazza prima di me, che forse, allontanandosi e svanendo nel silenzio, ci aveva guadagnato in salute. Quella che mancava a me.

Ecco cosa non avevo di Camilla: la salute.

La pace mia e di Flavio aveva un andamento scostante, con punte di felicità estrema quando riuscivamo a vederci, altrimenti crollavamo giù a picco come Wall Street nel 1929: la grande depressione.

Il lavoro mi portò sempre più spesso a Milano, fare avanti e indietro da Roma ormai non bastava più, avevo sempre bisogno di restare un giorno ancora per organizzare uno shooting, un altro per delle riunioni dell'ultima ora, un altro per «dài, rimani a cena, torni a casa domani!».

"La crosta del cuore", l'ironica colonna su «Rolling Stone» nella quale raccontavo di aneddoti divertenti sulle coppie e rispondevo alle storie più interessanti dei lettori, riscosse un grande successo e qualcuno mi soprannominò "la regina dei cuori rotti".

Che ironia, davo consigli su quanto amarsi e su come amare mentre la mia vita sentimentale era una partita a tennis in un set infinito, con il mio cuore nel ruolo della pallina gialla e pelosa, sbattuta a destra e a manca da due racchette rivali, che al solo pensiero mi girava la testa. Comunicai a Jacopo che sarei stata via per un po', a causa dell'intensificarsi degli impegni di lavoro. Ne fu felice, mi disse: «Che bello che le cose stiano andando bene, brava!».

Lo stesso feci con Flavio, spiegandogli che per il mese di luglio avrei preso un appartamento a Milano, ché gli impegni si erano fatti tanti e non aveva alcun senso spendere tutto il mio patrimonio in un hotel di via Tortona.

Con lui ero sempre più specifica, i miei racconti erano sempre più dettagliati, chissà perché mi permisi di dargli più attenzioni di quante ne avevo date a mio marito nell'ultimo periodo.

Si rattristò: erano trascorse tre settimane dall'ultima volta in cui ci eravamo incontrati, e non sapevamo quando ci saremmo rivisti, considerato che anche lui stava lavorando sodo come fotografo di scena sul set di un nuovo film.

Quello che non cambiò mai tra me e lui fu il cellulare, che, tra le conversazioni in chat e FaceTime come unico mezzo per ricordarci dei nostri connotati, cominciava a pesarmi troppo, facendomi vivere più scissa di quanto non lo fossi già, tra il lavoro, la mia fede al dito, che oramai guardavo con un filo di mestizia, e Flavio. Non potevo stare tutto il giorno con il cellulare come prolungamento del mio braccio, avevo bisogno di rimanere ancorata alla realtà e invece ogni due per tre era un continuo "che fai?" in cui, a testa china, dimenticando il mondo attorno, gli raccontavo per filo e per segno i miei spostamenti.

Ma dov'ero finita? Ero fuggita da mio marito, che non mi aveva mai fatto sentire oppressa, per ritrovarne un altro che quasi mi chiedeva quante volte avevo fatto la pipì durante il giorno. Ma la verità più dolorosa è che non me ne resi mai conto davvero, non mi resi conto del fatto che la mia vita era dentro quel cellulare, dietro quello schermo – anche il sesso era dietro quello schermo, almeno si trattava di sesso sicuro, di certo!

La mia voce era sostituita dai polpastrelli sul touch screen, i miei sguardi erano delle fotografie in posa, e soltanto se mi trovavo da sola in un posto sicuro riuscivamo anche a vederci in video. Certo che Flavio ne avrebbe fatto a meno, certo che mi avrebbe voluta accanto a sé senza obiettivi né filtri, ma questo era tutto quello che potevo dargli e saperlo lo riempiva di sconforto.

Forse, mi ritrovai a pensare, il silenzio tra me e Jacopo era più vero di tutto quel frastuono telematico.

21

In auto, passando da piazza del Rosario, poi dritto per via Bergognone alla rotonda, la terza uscita era via Tortona e il civico 28 faceva angolo con via Novi, di fronte al palazzo rosso della Deloitte. Scesi dal taxi e recuperai le mie due gigantesche valigie, pesanti più di me. Erano le quindici e a Milano faceva un caldo torrido, quella domenica 3 luglio. Nonostante il peso del mio guardaroba, trovai la forza di trascinarmi verso uno spicchio d'ombra per non morire liquefatta nell'attesa che arrivasse Eleonora, la mia assistente, a portarmi le chiavi di casa.

Era un appartamento piccolo, con un gusto nell'arredamento a tratti discutibile, considerata la cucina color rosso lacca, ma per il resto era perfetto: bianche le pareti, bianca la camera da letto, bianco e color corda il bagno.

Eleonora mi diede una mano a sistemarmi, riempimmo gli armadi di vestiti e scarpe e poi andammo a fare la spesa a pochi metri da casa.

Ricordo che la guardai, immersa nel sole delle cinque, con i suoi ricci indomabili dalle sfumature pesca, sulla pelle qualche anno in più di me, le braccia con la forza di una tigre e la memoria di un elefante. Era un animale fortissimo Eleonora, camminata fiera e lo sguardo di chi non abbassa mai la testa, umile ma sempre sicura di sé.

Mentre camminavamo verso il supermercato, mi elencava passo passo tutti gli impegni del mese, le cene, gli incontri importanti, le novità e qualche progetto futuro. Un calendario ambulante, con una concentrazione che io non avrei avuto nemmeno in un'altra vita, ma anche una grande consigliera, una vera motivatrice ricca di frasi sagge da dire al momento giusto e pronta a ridicolizzarsi insieme a me, sempre e solo con un certo aplomb, per l'amore di una grassissima risata.

Era la mia Marta in versione milanese.

«Ricordi della cena di stasera insieme a Paolo?»

Paolo, il mio mentore, il mio amico, l'uomo che mi aveva insegnato come fare il mestiere che facevo, che mi aveva introdotta nel giornalismo presentandomi ai più perché in me aveva visto il talento che io non avevo mai pensato di avere, anche se i fatti parlavano più delle mie mille me sempre pronte a giudicarmi, e mi aveva seguita come un angelo custode, da lontano, in silenzio, ma sempre, sempre al mio fianco.

L'uomo a cui una volta dissi: «Ti prego, non morire mai» perché non avrei sopportato il dolore della sua perdita, come fosse sangue del mio sangue. E invece non lo era, ma questo lo aveva reso ancora più prezioso ai miei occhi.

Eleonora e Paolo, insieme a Marta e a pochi altri cuori che ruotavano come orbite attorno al mio caos, erano diamanti, i miei amanti, coloro che mi amavano e che a mia volta amavo e ai quali, per una stupida convenzione sociale, dovetti dare il riduttivo ruolo di amici, anche se non era abbastanza.

Questo non fece che accrescere i miei sensi di colpa, perché era da tempo che non raccontavo loro di me, Marta esclusa. Tenerli all'oscuro della storia con Flavio non era affatto facile, ma me ne vergognavo molto. Mi vergognavo di aver sbagliato nei confronti di Jacopo, mi vergognavo di essere caduta in una rete così fitta e pericolosa dalla quale non riuscivo a divincolarmi. Temevo un loro giudizio. La loro Anita B. era sì incontenibile e stupefacente, ma sapeva essere giudiziosa. Invece no! Quella che vedevo io allo specchio era una donna diversa, oramai, una donna che non sapeva più da che lato stesse il bene e da che lato stesse il male.

La sera a cena non mi scappò mai una parola su Flavio, non trovai il coraggio, ma parlammo della silenziosa separazione che stava investendo me e Jacopo. Mi ascoltarono con le facce piene di dispiacere e un filo di incomprensione per quel mio modo fumoso di raccontare le cose, con gli occhi per aria come a cercare le parole giuste, e per quella mia visione fin troppo drammatica di ciò che stava attraversando il mio matrimonio – il quale, a detta loro, avrebbe potuto ritrovare l'equilibrio che mi pareva impossibile ristabilire.

«Le cose, se si vuole, si aggiustano» mi disse Paolo sottintendendo che in fondo io, forse, non lo volevo davvero.

«Sì, lo so...»

«Ti scopi qualcun altro?» mi chiese guardandomi negli occhi, con lo sguardo comprensivo di chi realmente avrebbe capito se così fosse stato.

"Magari!" pensai fra me e me. Se si fosse trattato solo di sesso sarebbe stata una vera passeggiata, invece ero finita con tutte le scarpe in una storia d'amore che non desideravo più, perché iniziava a ferirmi più dei miei sensi di colpa.

Risposi di no, negai sempre tutto ciò che in verità non volevo accadesse ma che a conti fatti era più che reale. Pensai che nessuno dei due mi stesse credendo davvero e non perché sapessero qualcosa (l'unica a sapere era Marta e mai avrebbe aperto bocca su questa faccenda), ma perché io non ero convincente in quelle bugie, e loro se ne accorsero entrambi e decisero di sorvolare. Mi volevano troppo bene per obbligarmi a dire quello che non riuscivo ancora a raccontare.

Certo, nel negare la verità, non mi aiutavo mentre controllavo il cellulare di continuo e rispondevo ai messaggi portando lo schermo vicino al mento affinché non si vedesse nulla della conversazione. Con un briciolo di attenzione anche un bambino si sarebbe accorto che qualcosa da nascondere l'avevo eccome.

Dopo cena, salutato Paolo, io ed Eleonora tornammo a casa a piedi.

Quella sera camminai dentro Milano con uno spirito diverso. Ebbi la sensazione di ricominciare, il petto sgombro e un senso di felice smarrimento nel sapere che avrei dormito in una nuova città, in un nuovo appartamento, con un nuovo divano, una nuova stanza da letto, una nuova cucina (brutta) e un nuovo bagno (bello). La novità mi rese leggera e non provai un filo di malinconia per tutto quello che stavo lasciando a Roma – tanto l'avrei ritrovato al mio ritorno, o così credevo.

Aprii il portone di ferro, poi con una seconda chiave toccò al cancelletto delle scale, che percorsi al buio perché la pigrizia di cercare l'interruttore della luce vinse sulla paura dell'oscurità. Al primo piano, l'ultima porta di ringhiera era la mia.

Entrai in casa e spensi immediatamente l'aria condizionata, che aveva reso l'appartamento una cella frigorifera. Accesi tutte le luci, aprii le imposte e mi fumai una sigaretta seduta sul davanzale della mia stanza da letto. Da lì potevo vedere l'angolo del Boccino, un ristorante dal quale andava e veniva un sacco di gente, residui di festa, qualche schiamazzo, gli uffici della Deloitte al buio e per il resto la quiete. A tratti non sembrava Milano, ma presto capii che anche quella era Milano, caotica, veloce, sempre di fretta e poi d'improvviso silenziosa, pacata e lenta.

Mi misi sotto le coperte (che sia inverno o estate non dormo senza) e feci quello che facevo da mesi senza mancare un solo giorno, senza dimenticarmene, per scacciare la paura di non averlo fatto nel caso in cui fossi crollata prima: diedi la buonanotte a Flavio.

22

Ogni mattina mi svegliavo e salutavo Flavio. Ogni notte scivolavo tra le coperte e salutavo Flavio. Tutto prese ad avere una cadenza costante, un'abitudine che mi piaceva forse perché non ne percepii mai l'aspetto maniacale. Il mio luglio milanese non mi vide di frequente percorrere strade diverse da quelle sulle quali camminavo per andare a lavoro e tornare a casa, salvo rari casi in cui partivo per Londra o Parigi.

Tutto capitava in quei due chilometri di strada a piedi in cui, guardandomi intorno, tentavo di fare mia ogni cosa. Volevo familiarizzare con i luoghi e sentirmene parte anche se, nonostante gli sforzi, la solitudine mi sorprendeva spesso. Se la sveglia suonava e io riuscivo a essere puntuale, allora facevo colazione a casa per poi raggiungere l'ufficio, altrimenti dovevo sperare in un caffè volante lungo la strada. Con il portone alle mie spalle, camminavo lungo il marciapiede strettissimo dei civici pari come un'equilibrista per far spazio ad altri passanti, evitare un ruscello d'acqua insaponata, un tombino, un mattone fuori posto. Oltrepassavo un ristorante, poi ancora un altro, un giapponese, un negozio di borse, un parrucchiere, portoni, portoni e ancora portoni, degli studi fotografici, un negozio di scarpe, il giapponese all'angolo e poi su per le scale verdi del ponticello di Porta Genova senza mostrare fatica. La salita era stancante e la discesa pericolosa sui miei trampoli da dieci, a volte dodici, centimetri.

Sceso l'ultimo gradino dovevo incrociare le dita prima di girare l'angolo a destra, nella speranza di trovare il 9 al capolinea. Nella peggiore delle ipotesi chiudeva le porte e partiva nell'istante in cui arrivavo alla fermata, altrimenti non rimaneva che aspettarlo. Nella peggiore delle ipotesi, che era sempre la più probabile, attraversavo il piazzale della stazione di Porta Genova e proseguivo sul marciapiede destro di via Vigevano, passavo davanti a un'atroce catena di patatine fritte, qualche bistrot, un bellissimo negozio vintage davanti alla cui vetrina lasciavo impronte di mani e naso, una serie infinita di gelatai, bar, ristoranti giapponesi, trattorie milanesi, bar irlandesi.

Via Vigevano è la via di Milano in cui, se non sei di Milano e sei un personaggio un filo conosciuto, qualcuno da salutare lo incontri sempre. Girando a destra la nuova Darsena, ed eccomi in piazza XXIV Maggio.

L'odore di pesce fritto dei chioschetti lì intorno alle nove del mattino annientava ogni desiderio di colazione! A sinistra piazzetta Sant'Eustorgio e a destra corso San Gottardo. Anche a questo svincolo bisognava incrociare le dita e sperare che il 3 non fosse già alla fermata perché così, almeno, avrei finito il percorso in tram, senza camminare sui miei calli.

Il mio luglio però mi vide a piedi, in tutti i sensi.

Ero finita in un nuovo vortice di caos in cui ogni cosa ruotava attorno al mio lavoro, ma almeno così riuscii ad allontanarmi da me, dallo specchio, dalle mie responsabilità familiari, da quelle che avevo nei confronti di Flavio, ammesso che ne avessi, da quelle che avevo nei riguardi della mia vita che mi chiedeva di scegliere. Ma certi interrogativi rimasero sepolti sotto la mole di lavoro su cui finalmente potevo concentrarmi, e le distanze mi aiutarono.

Il ritorno a casa era il medesimo in direzione opposta, sul lato dei civici dispari, con il sole al tramonto, la gente stanca attorno a me con qualche busta della spesa prima di preparare la cena per le proprie famiglie e riscaldare le cucine con i vapori del cibo prontamente cacciati fuori dalle finestre aperte, che impregnavano la strada di aromi invitanti.

Io no. Io sul ponte verde di Porta Genova iniziavo già a pensare al ristorante di sushi in cui avrei consumato la mia cena solitaria. Ché gli amici, sì che ci sono, ma non possono uscire tutte le sere, hanno le proprie vite, gli amori, i parenti. Io ancora no. Mi ero allontanata di chilometri dalla mia vita per tentare di viverne una diversa, e adesso mia madre stava a chilometri di distanza, mio marito stava a chilometri di distanza, Flavio stava a chilometri di distanza e io... stavo a chilometri di distanza.

In tutta onestà, non sapevo più quale animo confuso stesse abitando il corpo esile che ogni tanto riuscivo a intravedere nel riflesso delle vetrine dei negozi di via Tortona. Mi avvicinavo per guardare le scarpe, le borse, i costumi, e poi riuscivo a scorgermi, prima le gambe e poi, risalendo su, riconoscevo le spalle e infine il mio volto. Un volto in ombra, stanco, vuoto.

Che pena mi facevo, a vedermi con nulla a fianco e nulla dentro.

Jacopo stette in silenzio per molto tempo. Io non fui da meno. Flavio, invece, tentava di non lasciarmi scivolare via aggrappandosi con le unghie e con i denti all'unica cosa che ci era rimasta, la stessa che ci aveva visti nascere: uno stupido cellulare.

Quante volte mi chiese di raggiungerlo, non le ricordo più. Quante volte mi rinfacciò di non averlo mai raggiunto, nemmeno quelle rammento. Non potevo spostarmi da Milano, avevo delle scadenze importanti e finalmente lavoravo a qualcosa che mi gratificava tantissimo, il sogno di una vita che riuscivo a realizzare come volevo io, con le persone giuste attorno a me e un monte di entusiasmo. Non mi sarei allontanata da Milano per nulla al mondo, o almeno così credevo.

Flavio però temeva che io e Jacopo ci stessimo riavvicinando, per il semplice motivo, a suo dire, che il nostro distacco equivaleva per forza a una rappacificazione tra me e mio marito; quando, invece, tutto ciò che desideravo realmente era l'assenza di entrambi dalla mia vita. Volevo ristabilire delle priorità e un barlume di chiarezza.

Non ricordavo che strada avessi fatto per arrivare a quella infelicità, come fossi giunta a volermi così male, a non avere un briciolo d'amore per il mio destino, chi fosse la persona incosciente che mi aveva portata all'autodistruzione.

"Se vuoi vado via, basta dirmelo" era il ritornello che da settimane mi ripeteva Flavio. Detestavo quelle frasi a effetto che avevano come risultato risposte banali, le uniche che sapevo dare, in cui lo pregavo di risparmiarmi gli aut aut e piuttosto di prendere lui una decisione per se stesso, perché io no, non volevo scegliere per tre, mi bastavo da sola.

Quanto dovette bruciargli il petto quel luglio senza sole. Mi misi mille volte nei suoi panni. A ogni messaggio, ogni risposta, ogni telefonata io ero lì, nei suoi panni, mentre cercavo di fare la cosa giusta sulla strada sbagliata. Ma lui non se ne accorse mai.

Mi si chiuse definitivamente lo stomaco e dei miei crampi il dottore disse che si trattava di intolleranze. Come dargli torto, chi l'avrebbe mai tollerato quel trittico malefico che si nutriva dei miei respiri?

Quando anche il mio corpo iniziò a gridare aiuto, persi del tutto la pazienza e ogni briciolo di comprensione nei confronti dell'amore che Flavio dichiarava nelle sue frasi piene di rabbia e dolore, come una nenia di sottofondo, dalle prime luci dell'alba fino alle prime ore blu della notte. Mi divorava viva, facendo leva sui miei sensi di colpa, stava chiedendo più di quanto potessi dargli mentre mio marito, in silenzio, mi regalava anche la tolleranza che non aveva.

Alla fine, in me crebbe la rabbia. Liti furiose, durante le quali dalla sua bocca uscirono le più brutte considerazioni su di me; liti in cui, come sempre, mi mettevo sulla difensiva perché in fondo credevo di meritarli, quegli insulti. Meritavo di essere dipinta come un mostro, perché ero io a sbagliare, a tradire Jacopo, quindi meritavo la gogna, meritavo la collera di Flavio, le lacrime, le punizioni.

Al rogo Anita. Bruciate la strega infelice, lasciatela ardere tra le fiamme fino a che ogni parte del suo corpo non sia diventata cenere.

Ecco perché sopportavo gli appellativi peggiori, le descrizioni ingiuste che forse, dopo mesi e mesi di ipnotica pressione psicologica, mi parevano giuste. Me lo meritavo Flavio. Era diventato la mia punizione per aver sbagliato, e ogni volta che la mia vita non stava al passo con i suoi desideri io tornavo a essere, nella sua bocca, un mostro che non avevo più il coraggio di guardare allo specchio.

Persi il sorriso e pensai di meritare anche quello. "Chi è causa del suo mal pianga se stesso" mi ripetevo. Le mie mille me non sembravano più in grado di aiutarmi, sparirono in un silenzio spaventoso, si misero in un angolo a guardarmi sbagliare e mi trovai sola come mai mi era accaduto prima.

Flavio si sentiva secondo o, forse, semplicemente ultimo, perché arrivava dopo la riservatezza e le attenzioni che mantenevo nei confronti del mio matrimonio, una fede all'anulare sinistro come una facciata da difendere e sulla quale, ogni volta in cui mi cadeva l'occhio, scivolavano pensieri di infinita amarezza. Arrivava anche, Flavio, dopo i miei sogni e il mio lavoro, arrivava dopo gli amici che, per ovvie ragioni, non potevano sapere di noi.

Le distanze lo portarono allo stremo delle forze. La cosa più banale tra due persone che si desiderano, il contatto, mancava da tempo, e lui restava solo con lo sconforto e la speranza di leggere dei messaggi d'amore che, piano piano, smettevano di arrivare.

«Ho voglia di farti innamorare di nuovo di me» mi disse un giorno con un messaggio audio, che in verità non sentii mai. Me ne accorsi mesi dopo, quando ormai era troppo tardi.

A un certo punto Flavio si stancò, ma aveva paura di perdermi e ogni giorno aspettava che fossi io a dirgli "vai via" o "resta", perché lui non aveva il coraggio di allontanarsi da me, anche se avrebbe voluto dire soltanto qualche messaggio in meno durante il giorno, telefonate lunghe il tempo di un rifugio o del tragitto da casa al lavoro e viceversa. E l'idealizzazione di una donna che sognava di avere al suo fianco per sempre.

Si stancò, Flavio, e nell'oscillare tra momenti di lucidità e altri di totale perdita del controllo fui io a pagarne le spese. Perché sì, io pagavo sempre il conto.

23

La mattina del 27 luglio, dopo ripetuti litigi e imbarazzanti scenate di gelosia, Flavio mi chiamò. Avevo gli occhi gonfi e mi aggiravo per casa in mutande e canottiera, in preda al mio ritardo cosmico: avrei saltato la colazione a casa, facendo marcire ancora una volta la frutta in frigo, e rincorso il primo tram che mi portasse in tempo in San Gottardo per non rinunciare almeno al caffè del bar.

Flavio mi chiamò e io non avevo ancora della caffeina in circolo. I toni furono seccanti fin dal saluto. Voleva delle risposte e tentava, sempre più, di spingermi in un angolo, con le spalle al muro, per costringermi a scegliere anche per la sua vita.

I suoi capricci erano illegali, infantili come quelli di un bambino ma subdoli come quelli di un uomo malvagio. Ricominciava la tiritera sulla mia mancanza di coraggio, sulla mia distanza e sulla mia disonestà.

«Voglio la verità» mi diceva. «Se mi dicessi la verità non rimarrei qui un secondo di più. Nemmeno tuo marito rimarrebbe al tuo fianco se sapesse la verità, perché tu per avere le persone accanto devi mentire.»

Se ognuno di noi guarda alla vita in base alla misura del proprio cuore, quanto infinitamente piccolo doveva essere il granello di sabbia che gli batteva in petto e gli faceva dire quelle parole ingiuste?

In tutti quei mesi l'unico uomo che aveva avuto la verità senza meritarla era stato lui, e no, non l'avrei più perdonato per tutte le volte in cui aveva martellato i chiodi della sua crudeltà contro i miei palmi per fissarmi al muro dei suoi desideri.

Tra picchi di rabbia e down di paura, quando la sua altalena emotiva ritornò giù mi chiese: «Tu mi ami, Anita?».

Ero in bagno, davanti allo specchio un po' sporco degli schizzi di dentifricio, stavo lavando i denti quando mi sorprese con quella domanda. Alla mia sinistra il gabinetto e il bidet, alla mia destra la doccia e sotto ai piedi nudi un tappetino rosso orrendo, idealmente in pendant con il rosso lacca della cucina. Spensi lo spazzolino elettrico, sputai la saliva dentro al lavandino e mi risciacquai la bocca. Mi guardai allo specchio e vidi una delle mie mille me fissarmi negli occhi e incoraggiarmi a fare la cosa giusta: non ero un mostro, certe cose non meritavo di sentirmele dire. L'amore non doveva nutrirsi della mia carne, ma nutrirla. E invece guardati, Anita, le tue ossa stanno venendo a cercarti perché, che tu lo voglia o no, la verità salta fuori e lo specchio non mente.

«Anita, mi ami?»

«No, non ti amo più.»

Lo dissi con una fermezza che non credevo di avere, lo dissi perché ero stanca e perché non avevo la forza di salvare il mio matrimonio, figurarsi una bugia. Avevo la testa pesante ed erano solo le nove del mattino e mi pareva di non dormire da mesi perché Flavio la notte aveva sempre voglia di discutere di ogni cosa. Quella confessione per me significava mettere fine a ogni tristezza, sciogliere qualche nodo della mia vita ingarbugliata e alleggerire la sua dal peso di una donna distante, che non avrebbe mai avuto come desiderava.

La sua voce si spezzò, intrisa di delusione, e con il tono di un uomo smarrito chissà dove, nel mezzo del nulla a cercare un appiglio per tenersi forte e non cadere sulle ginocchia, mi disse: «Quindi finisce così?».

Flavio mi chiedeva la verità, mi chiedeva di scegliere e chiarire una volta per tutte il suo ruolo nella mia vita. Poi, però, quando prendevo una decisione, quando i miei toni si facevano perentori e dalle spalle curve riportavo dritta la schiena, non lo accettava. L'unica verità che voleva sentirsi dire era la sua.

«Credo di sì.»

«Credi o è così?»

«È così.»

«Bene, addio Anita B.»

Riattaccò senza lasciar spazio a repliche. Non che dovessi dire ancora molto, forse avrei voluto salutarlo in altro modo ma ero sempre più debole, fiacca, spossata, snervata, sfiancata, sfibrata, svigorita, sfinita, stremata, abbattuta, logorata, debilitata, esaurita, esausta, prostrata, estenuata, seccata, scocciata, infastidita, innervosita, irritata, spazientita, nauseata, tediata, spenta e ancora tutti i possibili sinonimi di stanca.

Ero stanca e in ritardo. Misi una maglietta, una gonna e uscii di casa in fretta e furia. Avrei riflettuto più tardi su quel che ci era capitato. Detestavo non arrivare in orario.

Camminavo veloce lungo la strada della mia vita – «Chi ha tempo non aspetti tempo» mi diceva sempre nonno Carlo, oppure: «Non rimandare a domani ciò che potresti fare oggi». Così non lo feci, non rimandai quella risposta che chissà se era proprio vera in quel momento, poco importava.

Importanti furono le conseguenze del mio no. Perché finalmente avevo deciso: dentro a ciò che rimaneva del mio quadro, Flavio non c'era.

Poche ore dopo, ricevetti un messaggio che non avrei mai voluto leggere, e che lo trasformò ai miei occhi nella persona piccola che non avrei mai creduto potesse essere. Dannata me, che illuminavo le pietre immaginando fossero diamanti.

In piedi davanti alla mia scrivania, per lo stupore mi cedette il mento e rimasi a bocca aperta. Non mi spostai di un centimetro, me ne stetti con il braccio destro piegato e il cellulare in mano, vicino agli occhi, per molti istanti, il tempo di capire che la mattina appena iniziata era un incubo dal quale non mi sarei svegliata molto presto.

Il messaggio arrivava dopo altri tre ai quali non avevo risposto a causa del tran tran in ufficio. Come spesso accadeva, il mio silenzio aveva reso nervoso Flavio, che arrivò a dire: "Scriverò a Jacopo. Voglio darmi la possibilità di recidere ogni legame con te, non voglio più associare il tuo ricordo a qualcosa di dignitoso. So che non mi perdonerai, ma col tempo te ne dimenticherai. Ciao, addio".

Anche io risposi con un addio. Aveva oltrepassato il limite e non intendevo far passare neppure un altro giorno della mia vita a discutere con lui. Era caduto così in basso che era passato ai ricatti morali, le minacce da quattro soldi, da persona senza un alito di scrupoli.

Gli scrissi che l'avrei perdonato per quel gesto, ma mentivo, perché tutto ciò che speravo era che non lo facesse. Gli avevo spiegato milioni di volte che ciò che era accaduto tra me e lui prescindeva dal rapporto con

Jacopo, ma a lui non interessava più. Non riusciva ad accettare il mio rifiuto, la chiusura, quel no. Quel no aveva un suono diverso da tutti i no che ci eravamo detti nei mesi precedenti, il no di quella mattina aveva il suono del mai più. Flavio se ne era accorto, e aveva deciso che, se dovevamo crollare noi due, allora era giusto che crollassimo anche io e Jacopo.

Povero diavolo impazzito, non volle sentire ragioni e io, in tutta onestà, non insistetti né piansi una delle mie lacrime. Quelle volevo conservarle per tempi più duri, per cuori più puri.

Trascorsi il giorno con la triste rassegnazione per l'errore che di lì a poco avrebbe commesso Flavio e per l'errore che avevo commesso io nel valutarlo. Fu doloroso rendersi conto del grande abbaglio che avevo preso riponendo così tanta fiducia nelle mani di un mostro che proiettava su di me tutti i suoi limiti emotivi.

Dopo cena Flavio mi scrisse ancora, ribadendo che avrebbe detto tutto a Jacopo. Lo chiamai per provare a chiedergli di ripensarci, era una cosa che non serviva a nulla e avrebbe fatto un male inenarrabile a tutti e tre. Ma nemmeno allora riuscii a farlo riflettere.

Al telefono la sua voce furiosa, mentre guidava in macchina per le strade di Roma verso chissà dove, mi gridò: «Io ti rovino a tal punto che ti verrà voglia di ucciderti».

Quella sera Milano si fece buia e fredda. Si alzò un vento che portò via rami d'alberi piantati da secoli, l'aria divenne gelida e la pioggia cadde come se il cielo fosse il mare capovolto. Quanta acqua venne giù a bagnare le strade, e che scroscio spaventoso, contro i tetti delle case, i tettucci delle auto, le spalle di qualche passante disgraziato sprovvisto di ombrello.

Sì, veniva voglia di uccidersi per tutto quell'odio immeritato, per la sensazione del dolore che buca il petto, che porta la nausea e il desiderio di vomitare. Le sue parole mi tolsero la forza di replicare, non c'era da dire null'altro. Riattaccai.

Mi sedetti sul letto e provai a chiamare Marta, era l'unica persona che sapeva e alla quale avrei potuto chiedere consiglio. Ma Marta non rispose. Disperata, dopo qualche minuto chiamai Eleonora, ma anche Eleonora non rispose. Chiamai Paolo, ma Paolo non rispose.

Quando l'universo non sa cosa desideri, l'universo non può aiutarti.

Capii che era arrivato il momento di dirmi la verità, e di dirla a Jacopo.

Mentre prendevo questa decisione, squillò il cellulare. A richiamarmi per prima fu Marta che, da grande amica, si trattenne dal dirmi "te l'avevo detto". Mi consigliò di parlarne con Eleonora e Paolo che erano lì a Milano e mi sarebbero stati più vicini anche fisicamente, ma soprattutto mi salutò dicendomi: «Devi dirlo a Jacopo, e devi tornare a Roma».

Eleonora mi richiamò tre minuti dopo.

«Ehi, tutto bene?»

«Ele, ciao... potrebbe andare meglio. Dove sei?»

«Sto tornando a casa.»

«Non sei seduta?»

«No, sono quasi in ascensore...»

«Senti, ti devo dire una cosa.»

«Dimmi...»

Povero cuore, la feci preoccupare tantissimo. Ma lei sapeva mantenere la calma anche nei momenti di panico.

«Qualche mese fa io...»

Scoppiai a piangere, davvero non riuscivo a raccontare di quell'amore che improvvisamente era diventato vergogna. L'amore non prova vergogna, eppure Flavio avrebbe fatto vergognare anche sua madre se avesse potuto vedere come si stava comportando il figlio, e le madri, si sa, amano in maniera incondizionata.

«Sto arrivando da te.»

Un istante dopo mi richiamò Paolo.

«Ehi, come va?!»

«Pa', dove sei?»

«Alla cena del giornale, perché?»

«Riesci ad allontanarti un secondo?»

«Già fatto.»

«Senti, io mesi fa...»

E ripresi a piangere, proprio non ce la facevo a far uscire dalla bocca tutti gli errori impressi nella mia testa.

«Prendo un taxi e arrivo.»

Non ero più sola e non avrei dovuto più mantenere nessun segreto, non con le mie persone, con la mia gente, con i miei pezzi di cuore.

Arrivarono più o meno contemporaneamente, i paladini della mia esistenza. Un pronto soccorso così efficiente non si era mai visto. Si sedettero davanti a me e mi ascoltarono parlare. Spiegai loro ogni cosa, raccontai che Flavio mi aveva minacciata di dire tutto a Jacopo. Paolo digrignava i denti a bocca chiusa, lo avrebbe riempito di botte. Eleonora era disgustata da quell'uomo meschino e gretto che aveva avuto la fortuna di sfiorare la mia vita.

Calò il silenzio nella casa di Milano, mentre la città ancora si difendeva dalla tempesta.

«Devi dirlo a Jacopo.»

«Certo che glielo dirò.»

«No, devi farlo adesso.»

«È l'una di notte...»

«Non esiste un'ora giusta per dire la verità. È sempre l'ora giusta per dire la verità.»

Mi guardarono comporre il numero di Jacopo, il cuore in gola e nessun colpo di tosse prima di iniziare a parlare.

Il telefono squillò tre, forse quattro volte. Ero certa che mio marito stesse già dormendo e non avrebbe sentito la chiamata, invece no, Jacopo rispose, con la voce più bella del mondo, la voce della tenerezza. La voce dell'uomo che mi aveva giurato di starmi accanto per sempre, e che aveva interrotto il suo sonno per rispondermi. Jacopo c'era, c'era sempre stato. E continuò a esserci anche quando, in lacrime, mentre Paolo ed Eleonora lasciavano l'appartamento perché rimanessi sola con le mie confessioni, gli raccontai che lo avevo tradito, che erano trascorsi mesi, che avevo sbagliato e che stavo male, troppo male.

Singhiozzavo da non trovare un soffio d'aria.

Mi disse di calmarmi, mi disse di stare tranquilla. La tenerezza si mischiò a un monte di delusione, non poteva essere vero che la sua Anita lo aveva tradito, non io, non in quel modo.

Parlammo per una trentina di minuti, piansi tutte le mie lacrime, quelle che avevo tenuto in serbo per lui, soltanto per lui. Mi chiese di lasciarlo riflettere, aveva bisogno di non sentirmi né vedermi per un po'. Gli dissi che no, non potevo non guardarlo in faccia prima di rimanere in silenzio. Sarei tornata a Roma con il primo treno del mattino.

Insistette perché non lo facessi, che tanto non avrebbe cambiato le cose.

Quando riattaccammo cercai subito Paolo ed Eleonora che, in attesa di un cenno, avevano trovato un angolo riparato dallo scroscio della pioggia sul ballatoio, per fumare una sigaretta.

«Hai fatto la cosa giusta, nessuno può più ricattarti» disse Eleonora con lo sguardo rassicurante di una madre.

«Blocca il numero, WhatsApp, Facebook, Instagram. Blocca ogni cosa. Non lo sentirai mai più» disse Paolo, con la durezza e il senso di protezione di un genitore.

Ecco, la vita mi aveva tolto tanto, mi aveva tolto un padre e gli anni sereni dell'infanzia, ma aveva cercato di porre rimedio regalandomi l'amore di anime come Marta, Paolo ed Eleonora.

Le mie cadute, invece, erano solo le conseguenze della mia disattenzione. Ero io che non avevo ancora imparato a guardare dove mettevo i piedi.

24

Partii con il treno delle sei del mattino da Milano Centrale. Lo stomaco chiuso e un peso sul cuore che non mi lasciava pensare a domani. Domani non esisteva più.

Vagavo nel presente della mia vita senza ragionare su nulla che non fosse Jacopo, raggiungere Jacopo e guardarlo negli occhi mentre, finalmente, mi prendevo le responsabilità del mio peccato più grande: aver tradito me stessa e lui.

Arrivai a Roma Termini senza bagagli ma con un baule di sofferenza tale che camminare sembrava la cosa più difficile al mondo, il respiro corto, da prendere ogni istante, perché tutta l'aria della terra non bastava, mi sentivo un pesce rosso fuori dall'acqua. Come dovevo essere brutta con quella smorfia di stanchezza, con quella smorfia di tristezza che non mi abbandonava.

Presi un taxi e chiesi di andare veloce verso via dei

Pettinari, perché, anche se ormai non c'era fretta, io avevo fretta di farmi sputare in faccia. Non volevo chiedere perdono, volevo soltanto dare la possibilità a mio marito di difendersi e rispondere a quel tiro mancino arrivato nel pieno delle ore più blu della notte, come il peggiore degli incubi. Non si colpisce un uomo di spalle, figurarsi nel sonno.

Scesa dal taxi, davanti alla porta di casa rimasi a cercare nella mia labirintica borsa il mazzo di chiavi che alla fine, in un flash, apparve nella mia memoria: era rimasto appoggiato alla mensola dell'ingresso di casa, a Milano.

Arrivavo, dunque, come una vera estranea, irriconoscibilmente stronza, dopo i racconti della notte, e senza chiavi di casa.

Citofonai e, quando Jacopo rispose: «Chi è?», non ebbi nemmeno il cuore di dire: "Io", perché non sapevo più se ero io, che voce avevo in quel momento. Avrebbe potuto chiedermi: "Io chi?" e avrebbe avuto ragione. Chi sei ora? Chi? Cosa sei diventata adesso che non assomigli più alla donna che ho sposato?

Una pausa e poi sospirai: «Anita». Almeno il nome era sempre lo stesso. L'ascensore e poi la porta aperta di casa, qualche valigia sparsa qua e là.

«Ciao.»

«Ciao.»

«Dove vai?»

«Devo tornare a Madrid e poi ho degli incontri a Londra.»

Gli chiesi di sedersi. Mio marito aveva la faccia stanca di chi non aveva chiuso occhio, la faccia di chi non avrebbe versato nemmeno una lacrima perché le aveva finite di nascosto, al buio, nel nostro letto matrimoniale con il mio lato del materasso vuoto.

Parlammo a voce bassa, mi chiese da quanto andava avanti, se lo conosceva, chi sapeva di quella storia.

Quattro mesi. Non lo conosceva. Solo Marta e, dalla scorsa notte, anche Paolo ed Eleonora.

«Adesso io devo soltanto proteggermi da te. Ho bisogno di proteggermi da te.»

Le mie lacrime, quelle no, non finivano mai.

Gli dissi tutta la verità, mi ascoltò in silenzio, volle capire ogni cosa ma non si addentrò mai nei particolari – in fondo siamo grandi e certe cose le sappiamo. Aveva il cuore a pezzi, gli occhi spenti, ma non mi rivolse mai, mai, una parola volgare, mai un pensiero squallido. Mai.

Gli dissi che Flavio mi minacciava da un po' (una volta durante un litigio mi aveva detto: «Vengo sotto casa tua e parlo a tuo marito»... avrei dovuto capirlo allora, di che pasta era fatto l'omuncolo per il quale avevo perso la testa) e che gli avrebbe scritto a momenti, forse lo aveva già fatto.

«È un uomo molto piccolo, stai attenta, probabilmente non finirà qui.»

Quella fu la risposta a tutte le volte in cui avevo pensato che mio marito fosse una persona fragile e a tutte le volte in cui, tra le possenti braccia di Flavio, avevo creduto di sentirmi al sicuro. La forza non è con quanta energia qualcuno riesce a stringerti a sé. Da lì a strozzarti, il passo è fin troppo breve.

Quando fu il momento di andare via, chiesi a Jacopo se potevo abbracciarlo. Mi disse di no.

Mi alzai dal divano e lungo la strada verso l'uscita lasciai lacrime come ombre, come orme da seguire se avesse voluto ritrovarmi. Davanti alla porta, lo sentii prendermi la mano.

Jacopo mi abbracciò e mi disse: «Abbi davvero cura di te».

Ecco cos'era l'amore, lasciare libere le persone, anche di sbagliare, senza desiderare di possederle, senza giudicarle mai – da quale altezza, col dito giudice, possiamo ritenerci in grado di distinguere il giusto e il vero?

Jacopo non aveva né il giusto né il vero. E se li aveva, bene, fu un gran signore, perché non li ostentò mai.

Si chiuse la porta di casa alle mie spalle, e con lei si chiuse un mondo.

Dal pianerottolo non sentivo nessun rumore provenire dall'appartamento, forse Jacopo era rimasto fermo anche lui, lasciando la porta come unica separazione tra noi.

Mi ritrovai senza chiavi, fuori dalla casa che mi aveva vista crescere con dentro l'uomo che avevo prima amato e poi tradito, e tra le mie mani il nulla, l'assoluto nulla.

Era evidente che la vita mi stava dicendo che ero diventata estranea anche a me stessa.

Ripresi il primo treno per Milano e, quando arrivai in stazione, corsi subito in via Tortona. Come fanno in fretta i luoghi a diventare subito nostri, proprio come le persone, quando condividi gioie e dolori anche due estranei diventano fratelli. Quell'appartamento in affitto per un soggiorno temporaneo adesso era diventato una casa che, già lo sapevo, avrei lasciato piangendo, quando fosse arrivato il momento di farlo.

Quelle pareti sconosciute avevano assistito a una delle tempeste più spaventose della mia vita, e adesso mi osservavano con tenerezza mentre svuotavo gli armadi di tutti i miei vestiti, di tutte le mie scarpe, e riempivo le valigie, ancora e ancora, ché l'unica casa che sapevo abitare davvero, e neanche così tanto bene, ero io.

Il giorno dopo tornai in ufficio per terminare alcuni lavori e inviare la miriade di mail giornaliere. Quando aprii la posta mi accorsi che molte delle mail in arrivo erano di Flavio. Nelle prime, con il solito fare aggressivo, si congratulava ironicamente con me per aver bloccato ogni canale di comunicazione (purtroppo con la mail non ero riuscita a farlo) e mi derideva per la caduta del teatrino di cui, a suo dire, andavo molto orgogliosa. Seguivano mail di sconforto in cui mi supplicava di parlare, perché avremmo potuto risolvere ogni cosa, chiedere scusa a chi sarebbe rimasto ferito dal nostro amore. Mi disse che gli stavo regalando un incubo e che non lo meritava.

Aveva scritto a mio marito, si era permesso di porre fine al mio matrimonio nei tempi e nei modi che aveva reputato giusti per me e per Jacopo, e aveva anche il coraggio di dire che a regalargli quell'incubo ero stata io.

Nonostante le provocazioni, gli insulti, i ripetuti attacchi, nonostante le sue scuse e le letture volgari e distorte della realtà dei fatti, non cedetti a quelle mail, rimasi salda sulle mie scelte e mantenni la promessa fatta a Paolo: «Non lo sentirò mai più».

Lasciai Milano i primi di agosto con lo stesso caldo con il quale ero arrivata. Nessuno vide mai che, oltre ai due ingombranti bagagli, trascinavo anche il mio animo affranto che non ne voleva saperne di camminare, come un cane che punta le zampe e non c'è verso di farlo andare avanti, e se vuoi farlo muovere l'unica soluzione è sollevarlo di peso.

Lo sollevai di peso e riuscii ad arrivare a Roma con il cielo delle sette, posai i bagagli a casa, non mi spinsi oltre l'entrata e richiusi la porta per cercare un volto amico con cui bere un bicchiere di vino, che mi allontanasse dalle mail di Flavio e dal lavaggio del cervello che era riuscito a farmi, prima lasciandomi credere di essere la donna più importante della sua vita, poi l'ultima delle puttane.

Nel frattempo la mia casella di posta riceveva una media di venti mail al giorno, di lunghezza variabile. Di cose da dirmi ancora, Flavio pareva averne molte.

Pensai che si trattasse di uno sfogo da prima fase di separazione, quindi strinsi i denti e provai a distrarmi rimanendo ancorata alla realtà.

Non resistetti più di una settimana a Roma, dentro alla mia casa piena di parti di me e di Jacopo, che sembrava il set abbandonato di un film d'amore. Così feci un biglietto per la Sardegna e senza troppi bagagli approdai in nave a Porto Torres.

Non stavo fuggendo, avevo solo bisogno di respirare e di liberarmi della paura di trovare Flavio sotto casa, in giro per il centro, in qualche pub la sera. Avevo bisogno di prendermi del tempo per digerire la fine amara del mio matrimonio, un boccone che ero stata costretta a inghiottire perché qualcuno aveva deciso al posto mio.

Dovevo chiedere scusa a me e a Jacopo. Non c'era più nulla da recuperare tra noi, ma avrei voluto avere la possibilità di dedicarci una fine più dignitosa. Non era andata così.

La vacanza in Sardegna si rivelò inutile: tutto quello

da cui desideravo prendermi una pausa era dentro di me e lo trascinavo ovunque. Lo trascinavo in mare, lo trascinavo sulla sabbia, lo trascinavo sotto l'ombrellone, lo trascinavo nelle conversazioni con gli amici in vacanza, lo trascinavo nelle foto in cui sorridevo e invece volevo solo piangere, lo trascinai a quel concerto in cui lessi l'ennesima mail di Flavio che scriveva: "Domani ti sputtano e scrivo tutto in rete".

"E chi se ne frega" avrei dovuto rispondere io, chi se ne fotte se sei un maniaco che mi manda quaranta mail al giorno, tutti i giorni, senza lasciarmi respirare, senza darmi la possibilità di fare il funerale al mio cazzo di matrimonio, chi se ne frega. Chi se ne frega se ti senti sempre secondo, secondo a tuo fratello, secondo a mio marito, secondo per tua madre, secondo per me.

Invece no, sbagliai e ruppi il silenzio. Lo chiamai e tentai di farlo ragionare.

Il bambino faceva i capricci perché rivoleva il gioco e io, invece di lasciarlo piangere finché non si fosse stancato di essere tanto ridicolo, lo accontentai perché non volevo più sentirmi brutta e cattiva. Davvero? Davvero stavo tentando di far ragionare un malato di mente? Che presuntuosa, Anita.

Non gli volli neppure male, nonostante tutta la sua rabbia, non riuscii a volergli davvero male perché in lui continuavo a vedere del buono.

E invece Flavio era un buono a nulla.

Ogni giorno, al mare, su una spiaggia sarda, con davanti agli occhi un panorama tra i più belli del mondo, che molti paragonavano al paradiso, io stavo all'inferno con Flavio, tentando di consolarlo al telefono e di lasciarlo andare come mi stava chiedendo, "con un briciolo di umanità".

Eppure io non l'avevo ricevuta, la sua umanità! Non l'avevo ricevuta quando gli avevo chiesto di non scrivere a Jacopo, né quando aveva deciso di parlare pubblicamente di me descrivendomi sui social come una puttana, diffamandomi con una rabbia che nessuno avrebbe saputo spiegare.

Ma rimasi lì, comunque, a tranquillizzarlo. Perché sì, era finita, ma non era la fine della vita. Era solo la fine di una storia.

25

Di ritorno dalla Sardegna lo incontrai. Mi disse che aveva bisogno di vedermi un'ultima volta per salutarci come due che si erano voluti bene.

«Mi basteranno cinque minuti.»

Ero assolutamente d'accordo, nonostante mi avesse esaurita trascorrere la mia unica vacanza, il mio unico momento di pace, al telefono con lui a discutere del perché e del per come della nostra rottura.

Ero passata dalla schiavitù delle sue minacce a quella della sua depressione. "Io sto male e sei un mostro se mi abbandoni", questo il succo dei suoi discorsi quando tentavo di allontanarmi da lui. Voleva esistere, Flavio, voleva un posto nelle mie giornate e avrebbe fatto qualsiasi cosa pur di aggrapparsi a un lembo della mia vita.

Gli diedi appuntamento in piazza Trilussa, alla scalinata. Era il tardo mattino del 27 agosto. Arrivai da ponte Sisto, attraversai la strada e lo vidi di spalle, dentro a una polo blu e a dei jeans dello stesso colore. Quel corpo magro e leggermente curvo, accartocciato sui suoi sbagli, spigoloso su gomiti e spalle, mi strappò un sorriso. Anche le sue ossa si facevano spazio come le mie, affacciandosi dalla pelle secca, come a gridare che l'appetito lo aveva abbandonato da un po'.

Aveva Napoleone al guinzaglio. Come si era fatto grande, il cane più triste del mondo. Avrei voluto accarezzarlo, ma prima toccai la spalla al suo padrone. Flavio si voltò verso di me e io gli sorrisi, ma lui non ricambiò. Forse l'imbarazzo, forse la tristezza. Poi fu il turno del mio cagnone morbido, tutto orecchie, occhiaie e pieghe. Quanto tempo era trascorso dall'ultima volta che lo avevo abbracciato?

Parlammo a lungo seduti sugli scalini e, nonostante nei giorni precedenti avessi avuto molta paura di quell'incontro, in quel momento lo vidi fragile, in grado di ferirmi solo con le sue stanche allusioni al mio essere una donna facile – mica come le sue ex, diamanti veri, quelle.

Io ero una di cui fidarsi poco, una che si innamorava in fretta e si disinnamorava alla stessa velocità, una che d'amore poteva parlare solo sulle rubriche di giornali di poco spessore, dare consigli a qualche anima in pena in grado di credermi solo perché spinta dalla disperazione. Non replicai alle sue cattiverie, si commentava da solo. Passato il primo momento di rabbia, però, ritornammo su toni più cordiali.

Si fece l'ora di pranzo e mangiammo insieme in una trattoria. Si fece l'ora del tè e prendemmo un caffè in un bar, si fece l'ora di andare e mi emozionai nel voltargli le spalle. Era il nostro addio quello, pieno di lacrime per lui, pieno di confusione per me. Ci eravamo detti così tanto quel giorno, ci eravamo perdonati anche, perché io Flavio non l'odiavo. E chi lo sa se non l'odiavo perché ero così forte di spirito da passare oltre le ferite che mi aveva arrecato, o se non l'odiavo perché in verità l'avevo sempre un po' amato. Forse lo pensò anche lui, forse si accorse che lo stavo salutando con un addio che aveva tutta l'aria di un arrivederci.

Le quaranta mail giornaliere, le volgarità sul mio conto, il tentativo di mettermi in cattiva luce con tutte le persone che lo circondavano, la mail a Jacopo, le minacce, i ricatti morali in cui "se non fai così allora sei un mostro"... gli avevo davvero perdonato ogni cosa?

«Se mi avessi perdonato davvero, ora staremmo insieme» mi disse.

Mio Dio, non gli bastava ancora. Dopo tutte le pressioni subite, dopo che avevo avuto il cuore di non farlo picchiare da qualche amico, ancora avanzava il desiderio di riavermi tra le sue braccia.

Ma io non avrei permesso che accadesse. Mai più.

Quando arrivò il momento dei saluti finali, mi tese il braccio con il guinzaglio.

«Tieni.»

«Ma io non posso...»

«Prendilo tu Napoleone, altrimenti sarò costretto ad affidarlo a un canile.»

«Ma perché?»

«Perché te l'avevo regalato, e perché voglio disfarmi di ogni cosa che mi riconduca a te.»

Abbassai lo sguardo verso il povero Napo. Sembrava un figlio sbattuto a destra e a manca da due genitori che vogliono rifarsi una vita senza strascichi di passato. Le zampe ciccione e le occhiaie nere come le mie. "Sei proprio figlio mio" pensai.

Lui ci guardava dal basso in attesa che uno dei due prendesse una decisione. Non potevo lasciare che finisse in un canile o, peggio ancora, sul ciglio di una strada.

Presi un respiro profondo e buttai fuori l'aria in fretta, in una sorta di sbuffo, prima di afferrare il guinzaglio e dire: «Bene, adesso che ti sei liberato d'ogni cosa, addio».

«Addio Anita B.»

Andammo via di schiena, io e Napoleone, in direzione di via dei Pettinari.

Dopo quel giorno Flavio non lo rividi mai più.

Ma di certo, quando mi disse addio, deve aver incrociato le dita dietro la schiena, perché di parole sue, dopo, me ne arrivarono ancora tante, dentro a lunghissime mail.

Non era vero che voleva liberarsi di me, perché se l'avesse desiderato avrebbe potuto farlo sparendo per sempre. E invece era rimasto appeso alla mia esistenza, in tutti i modi possibili: scrivendo ancora a Jacopo, scrivendo a mia sorella, scrivendo alle mie amiche, pubblicando foto di me su Instagram, pubblicando post su di me che raccontavano la sua visione distorta dei fatti, dipingendomi come una puttana che lo aveva distrutto, una che stava dentro a una coppia aperta e si faceva le storielle con gente onesta come lui.

La cosa più triste erano i like che gli arrivavano. Le sue non erano le parole di un uomo ferito, ma quelle di un "uomo" (si fa per dire) con il desiderio di un palco su cui mostrarsi, di riflettori puntati addosso per poter essere visto.

Flavio aveva trascorso la vita nel tentativo vano di essere notato da sua madre, da suo fratello, dalla vita stessa. Quando parlava di me non parlava mai di una donna che aveva amato, ma solo di una donna che lo aveva ferito. E a ben pensarci non parlava neppure davvero di una donna, ma solo del suo personaggio, del ruolo che rivestiva.

Flavio era come Erostrato, quell'antico pastore greco e uomo senza talenti che pur d'essere ricordato aveva commesso un crimine e incendiato una delle sette meraviglie del mondo, il tempio di Artemide. Ecco il suo erostratismo, la sua ansia di esistere oltre la sua vita, oltre la mia, misto a un sentimento di vendetta travestito da desiderio di verità, perché "tutti devono sapere chi sei". Chi sarei mai stata io? Una cretina che si era invaghita di un uomo senza talenti?

Certo che sì. Fu dura ammettere di aver preso un grande abbaglio, fu dura ammettere che mi ero lasciata ingannare da un uomo che non brillava per nulla, che non avrebbe brillato nemmeno se l'avessi immerso nell'acqua e ci avessi puntato contro il sole più caldo di Roma. Non brillava Flavio, e quanto gli fece male vedere che, anche nel fango in cui ero caduta, anche dal basso dei miei errori, io invece continuavo a splendere.

Per tutto il mese di settembre ricevetti le sue mail piene di insulti seguite da papiri di scuse. Ero un mostro, una puttana da quattro soldi, e poi improvvisamente diventavo una dea, qualcosa di introvabile e prezioso.

Ogni tanto, quando dai miei spostamenti – che seguiva con attenzione maniacale utilizzando profili fasulli – annusava che forse sorridevo un po' troppo nelle foto, che forse stavo dimenticando un po' troppo in fretta il mio dolore, ritornava con le sue solite minacce. Riuscì ad arrivare alla bellezza di ottocentonovantuno mail, ottocentonovantuno mail di orrore, di letteratura spicciola, roba da feuilleton, in soli due mesi e mezzo.

La ripartizione di quella cifra per tutti i giorni in cui avevo dovuto subire il suo tormento equivaleva a un numero che, oltre a far girare la testa, avrebbe fatto davvero ammalare chiunque.

Dopo un po' smisi di leggere. Decisi che non potevo più infliggermi quella lama nel petto. Quanto ancora dovevo pagare per il mio errore? Per quanto ancora dovevo aggirarmi per la città con il terrore di essere seguita, spiata, controllata a ogni ora del giorno e della notte?

Fui costretta a diminuire la mia presenza in rete, filtrare le informazioni sulla mia vita privata. La depressione emotiva e fisica che mi colpì ebbe delle ripercussioni anche sul mio lavoro, rimasi scollata dalla realtà per molto tempo.

Fortunatamente c'erano Marta, Eleonora e Paolo a seguire gli impegni che mi sfuggivano di mente, dalle scadenze alle faccende personali. Avevo messo il calendario della mia vita nelle loro mani, e quanto avrei desiderato che per un attimo fossero loro a viverla per me, il tempo di un riposo, il tempo di riprendere le forze e tornare a combattere, più forte che mai.

La colonna vertebrale della mia esistenza mi parve spezzarsi il giorno in cui, a fine settembre, ritornata a Roma dopo la fashion week milanese, rientrando a casa ebbi l'impressione che tutto fosse cambiato, nonostante ogni cosa fosse esattamente nel posto in cui l'avevo lasciata sette giorni prima. Una sensazione di mancanza simile a quella che avevo provato, in quello stesso appartamento, vent'anni prima, quando era morto mio padre.

La sala da pranzo era intatta, stranamente in ordine, così mi affacciai nello studiolo di Jacopo e mi accorsi che non c'era più il suo computer, il tavolo da lavoro era sgombro. Sapevo che sarebbe passato in settimana a prendere delle cose che gli servivano, da portare a Firenze.

Dunque ecco spiegata l'impressione che qualcosa avesse lasciato più spazio, più ossigeno al resto.

Quando portai i bagagli in camera e disfeci le valigie per non disperdere il mio solito caos in giro per casa, aprii l'anta accanto alla mia, quella riservata a mio marito. Non so per quale motivo, ma non lo avevo mai fatto prima di allora; probabilmente a spingermi era stata la stessa strana sensazione che mi aveva accolta entrando in casa.

Gli scaffali erano vuoti. Aumentai la velocità della mia ricerca e con essa aumentò l'affanno. Anche i cassetti di mutande e calzini erano vuoti, era vuoto lo spazio per i suoi cappotti bellissimi, erano vuoti i cassetti del comodino dove riponeva tutte le sue cose personali e i miei biglietti d'amore di qualche anno prima, era vuota la mensola con i suoi libri di fotografia e illustrazione. Era vuota la casa.

Jacopo se n'era andato.

Mi accovacciai sulle gambe stanche contro il pavimento della camera da letto. Questa volta quel gioco in cui, spingendo con l'addome verso il basso, tentavo di contenere il pianto, non mi riuscì. Non potevo soffocare il fuoco che mi bruciava in petto. Non volevo più trattenere nessun dolore.

Ascoltai il mio pianto disperato consumare tutte le lacrime, consumarmi il ventre.

Questo volevo. Volevo scomparire tra i miei errori, dimenticarmi nell'armadio del nulla. Piansi forte, un lamento straziante, continuo come una nenia senza fine. La tristezza mi ruppe le ossa, recise i tendini della mia forza d'animo, mi rese parte del parquet freddo.

Piansi fino alla stanchezza, fino al mal di testa, fino al sonno. Quando riaprii gli occhi ancora umidi era già sera. Ero coricata sul pavimento nella stessa posizione in cui ricordavo d'essermi accovacciata, e non c'era nessuno accanto a me a chiamarmi per cena, a sgridarmi per essermi lasciata andare a terra come un oggetto inutile. Ma, tirando su il busto con la forza che non immaginavo d'avere ancora nelle braccia esili, mi scorsi nel riflesso dello specchio e la vidi.

La piccola Anita, quella bambina che tanti, tantissimi anni prima aveva scatenato l'inferno perché desiderava un nuovo taglio di capelli, era riflessa nello specchio e mi guardava arrabbiata. Quella bambina anni prima era andata su tutte le furie perché aveva perso il suo papà e la sua collera era rimasta imprigionata nello specchio della mia esistenza, fino ad allora. Era di quella piccola creatura l'incoscienza che mi trascinavo dietro, era quella piccola peste a farmi sbagliare, perché io l'avevo tenuta chiusa in cantina e ogni tanto la sua ira rimbombava su per la tromba delle scale, fino ai piani alti della mia casa, svegliando le mie orecchie adulte. Quella bambina voleva delle risposte e io avevo il dovere di dargliele, perché altrimenti quanta fatica avrei dovuto fare per contenere il suo rancore? Quanti errori avrei rischiato di compiere, spinta come un sonnambulo nella notte, a causa di quella rabbiosa incoscienza?

Per sciogliere i miei nodi avrei dovuto attraversare una veglia funebre, risalendo le scale buie della mia infanzia, tra il pianto di mia madre, quello dei nonni e quello che per anni avevo trattenuto. Avrei dovuto poggiare le mani sui muri sporchi delle mie ferite, aggrapparmi alla ringhiera alla quale si era aggrappato mio padre per raggiungere il secondo piano, quando, già malato e giunto alle ultime settimane di vita, si era messo in testa di salire gradino dopo gradino senza l'aiuto di nessuno e, arrivando davanti alla porta di casa, si era voltato per dire: «Ho vinto la scommessa con Dio».

Decisi di farlo anch'io. Avrei attraversato l'inferno, partendo dalle viscere dove nascondevo le lacrime mai piante, fino ad arrivare ai piani della mia coscienza. Non sarebbe stato facile, ma dovevo farlo.

Dovevo guardare in faccia il passato, tendergli la mano e dichiararci la pace.

26

Non mi va di mettergli il guinzaglio. Senza guinzaglio io, senza guinzaglio lui. Aperta la porta di casa cedo il passo a Napoleone, la cui agilità, per via delle zampe corte e dell'entusiasmo degno di un'ameba, è paragonabile a quella di un bradipo in fin di vita.

Richiusa la porta e ridiscese le scale controllo la buca delle lettere, nell'attesa che sua maestà il ciccione mi raggiunga nell'androne.

La bolletta del gas, la pubblicità delle nuove cialde Lavazza, il catalogo Ikea e una busta bianca, una busta lunga e bianca il cui mittente è uno studio legale.

Ecco, Anita. È tutta lì dentro la libertà che volevi? È dentro a un contratto di separazione consensuale, che «dopo sei mesi ci si presenta davanti al giudice e si procede con il divorzio», come ha detto l'avvocato.

Aperta quella busta, rivedo Jacopo sotto i portici di piazza della Repubblica, fuggito dalla ressa dei soliti convenevoli mondani. Lo rivedo a cena in quella trattoria tipica a sporcarsi il bavero di pasta all'Amatriciana, lo rivedo darmi il nostro primo bacio con un'emozione che aveva tolto il fiato a entrambi, lo rivedo in ginocchio a chiedermi di sposarlo dopo avermi fatto trovare un diamante dentro a un pacchetto di patatine, lo rivedo con la febbre a letto mentre mi prendo cura dei suoi malanni, lo rivedo a scattarmi foto di nascosto a New York, in California, in Messico, lo rivedo lasciarmi bigliettini d'amore appesi al frigo di casa, lo rivedo in mezzo a mazzi e mazzi di tulipani «che ti piacciono tanto», vedo il suo dolore il giorno in cui gli ho detto che non volevo avere figli perché non sarei stata una brava madre, sempre presa dal lavoro e concentrata sulle mie cose. Vedo il suo pianto nascosto quando mi aspettava a letto e io gridavo: «Arrivo dopo!», vedo la sua tristezza nel cenare in silenzio ingoiando le lacrime perché il mio mutismo era più forte del coraggio di dire che stavo sbagliando, vedo il rancore che gli toglieva la voglia di stringermi a sé come un tempo, lo vedo allentare la presa in quel braccio di ferro che avevo iniziato io, e di cui oramai non ricordavo più le motivazioni, lo vedo accarezzarmi il giorno in cui un uomo qualunque mi avrebbe voluto sferrare un pugno.

Ti vedo, Jacopo. Finalmente vedo la miniera di diamanti che sei, vedo quanto grande può essere un uomo che ama davvero.

Ti vedo, ma so che è troppo tardi, girato l'angolo oltre quella viuzza stretta e buia della tua vita è impossibile raggiungerti, forse non ne ho più le forze, forse davvero mi mancava l'amore.

Ero certa di averne per me e per te, di amore, ero certa di avere scorte per giorni duri, per tempi di carestia. Ti avevo promesso che mai ci avrei lasciati morire di fame, e invece guardaci, la guerra te l'ho fatta io e tu non sai nemmeno perché hai dovuto difenderti da me. Ho messo in campo tutti i miei soldatini e abbiamo iniziato a sparare.

Sei sopravvissuto, Jacopo, per tutte le volte che hai risposto con amore avanzando nel campo minato della mia vita. Hai vinto con dignità senza augurarmi la morte, ché ci ha pensato il cielo a lasciarmi esanime, a farmi camminare su queste gambe senza felicità.

Richiudo la busta, la metto in borsa e porto Napoleone a spasso oltre ponte Sisto, in mezzo a Trastevere. Mi spingo fino in via della Scala e suono al campanello con la F puntata.

Il portone si apre senza che dall'altra parte nessuno mi chieda chi è. Non importa, evidentemente.

Percorro fino in fondo il corridoio del pian terreno illuminato da opache luci gialle, con Napoleone che tenta di stare al passo, e alla destra trovo la porta aperta come si fa per una visita attesa. La chiudo alle mie spalle con cura e poi ne raggiungo un'altra semiaperta, saluto e solo dopo il suo cenno mi accomodo su una poltrona coperta da un telo di cotone color salmone.

Lo guardo, incrocio le mani a mo' di preghiera per l'imbarazzo e, dopo un profondo respiro, dico: «Ho bisogno che qualcuno mi tenga la mano mentre vado giù in cantina a prendere quella bambina che piange e grida, da troppo tempo».

«Non sarà un viaggio semplice.»

«Non lo è mai stato.»

«È pronta?»

«Sì.»

N 000745

SIAE
DALLA PARTE DI CHI CREA
Aut. F -70 -2018

Finito di stampare nel febbraio 2018 presso
Elcograf S.p.A. - Stabilimento di Cles (TN)
Printed in Italy